À PROPOS DES CHRONIQUES INFERNALES...

... ET D'ESTHER ROCHON

« ESTHER ROCHON S'IMPOSE [...] PAR LA RIGUEUR ET LA PRÉCISION DE SON STYLE, PAR LA COHÉRENCE DE L'ORGANISATION DE LA MATIÈRE ROMANESQUE. C'EST PLUS QUE RARE : C'EST TOUT À FAIT EXCEPTIONNEL. »
La Presse

« UNE AUTEURE REMARQUABLE [...] QUE LE MILIEU LITTÉRAIRE QUÉBÉCOIS [...] A DÉJÀ RECONNU COMME UNE DE NOS MEILLEURES ÉCRIVAINES. »
Lettres québécoises

« ESTHER ROCHON A UNE ÉCRITURE QUI PEUT ÊTRE À LA FOIS PURE ET PRÉCISE COMME DE LA GLACE ET CHAUDE ET SENSUELLE COMME DE LA SALIVE. CE N'EST PAS RIEN. »
Moebius

« ESTHER ROCHON EST DEVENUE UNE FIGURE IMPORTANTE DE LA SCIENCE-FICTION FRANCOPHONE CANADIENNE QUI MÉRITERAIT UNE PLUS GRANDE RECONNAISSANCE INTERNATIONALE. »
Science-Fiction Studies

SECRETS
LES CHRONIQUES INFERNALES

SECRETS
LES CHRONIQUES INFERNALES

ESTHER ROCHON

ALIRE

Données de catalogage avant publication (Canada)

Rochon, Esther, 1948–

    Secrets : les chroniques infernales

    (Romans ; 014)

    ISBN 2-922145-16-6

    I. Titre.

PS8585.O382S42 1998   C843'.54   C98-940210-X
PS9585.O382S42 1998
PQ3919.2.R62S42 1998

Illustration de couverture
GUY ENGLAND

Photographie
ROBERT LALIBERTÉ

Diffusion et Distribution pour le Canada
Québec Livres

Pour toute information supplémentaire
LES ÉDITIONS ALIRE INC.
C. P. 67, Succ. B, Québec (Qc) Canada G1K 7A1
Télécopieur : 418-667-5348
Courrier électronique : alire@alire.com
Internet : www.alire.com

Dépôt légal : 1er trimestre 1998
Bibliothèque nationale du Québec
Bibliothèque nationale du Canada

Les Éditions Alire inc. bénéficient des programmes d'aide à l'édition
du Conseil des Arts du Canada (CAC) et de la Société de
développement des entreprises culturelles du Québec (SODEC)

10 9 8 7 6 5 4 3e MILLE

À William Dyer

L'auteure a bénéficié d'une bourse du Conseil des Arts du Canada pour la rédaction de ce roman.

TABLE DES MATIÈRES

LES CHRONIQUES INFERNALES...*

Dans Aboli, *Rel a pris le pouvoir aux enfers pour abolir toute activité infernale sur l'ancien territoire. Huit nouveaux enfers sont établis; on y fait aussi de la réhabilitation. Sauf aux enfers froids, où les autochtones ne veulent rien savoir des damnés et vivent cantonnés dans leurs buildings. Rel y envoie Lame, qui vient de se séparer de lui.*

Elle se lie d'amitié avec le peintre autochtone Séril Daha, lui fait quitter son building, découvrir le sort des damnés et rencontrer le sbire en chef. Ce dernier voit en lui un être exceptionnel et lui demande de lui donner un nom. Daha l'appelle Sarhat Taxiel.

Dès lors, la vie de Séril Daha est transformée. Il utilise son prestige d'artiste connu pour ameuter l'opinion publique au sujet des damnés. Cependant, il irrite ainsi des forces réactionnaires et finit par se faire assassiner. Il meurt entouré par les damnés, près de Taxiel, dans les bras de Lame à qui il a donné sa dernière toile, inachevée.

* Voir *Aboli* et *Ouverture*, Éditions Alire, coll. «Romans».

La multitude des damnés dévore son corps et entre dans les buildings. Formant des grappes, ils s'attacheront désormais à chaque autochtone. La jeune Aube, fille de Rel, prend en charge les enfers froids, selon la volonté des juges du destin, mystérieux organisateurs.

Ceux-ci font apparaître devant Lame le spectre de Séril Daha, qui signe devant elle la toile qu'il lui avait donnée, indiquant qu'elle pourra lui servir d'oracle. Endeuillée, Lame se retire au bord de la mer, au nord-est des anciens enfers...

Dans Ouverture, *Lame, son ancien époux Rel et le vieux sbire Taxiel habitent au bord de la mer des anciens enfers, où Fax leur rend visite de temps en temps. Rel charge Lame et Fax de retrouver une porte inter-mondes aux enfers froids, où Lame et Taxiel ont connu l'amitié du peintre Séril Daha, qui a laissé sa dernière toile à Lame.*

Dans la forêt morte des enfers froids, Lame et Fax découvrent la porte verte, par laquelle Rel s'était enfui dans sa jeunesse vers un autre monde, moins cruel que celui que lui réservait son destin d'enfant unique du roi des enfers. Mais la porte n'ouvre plus que sur le vide.

Déçu par cette nouvelle, Rel n'en invite pas moins Lame à se joindre à lui pour une tournée des sept autres enfers : enfer du pal, enfers cloîtrés, mous, empoisonnés, tranchants, chauds et enfer de vitesse. L'expérience s'avère pour Lame beaucoup plus personnelle qu'elle ne l'avait escompté. D'une part, les différents tourments des damnés la touchent, lui rappelant par exemple des souvenirs désagréables du temps où elle-même purgeait une peine aux enfers mous. D'autre part, il lui faut composer avec le comportement de Rel en tournée, qui donne libre cours à son caractère sensuel et se révèle la coqueluche des beaux jeunes gens et des belles jeunes filles de chaque lieu où il passe.

Un point tournant est atteint aux enfers tranchants. Là, les damnés sont lentement dépecés par de grands oiseaux-bourreaux. À chacune de ses visites, Rel a coutume de faire l'amour avec leur roi, pour préserver le calme chez ces oiseaux particulièrement agressifs. Cette fois-ci, Lame à son tour fait l'amour avec le roi des oiseaux, sous le regard voyeur des juges du destin. Cette expérience intense rapproche Lame et Rel. Ils décident de faire de nouveau vie commune.

De retour chez eux, aux crépusculaires anciens enfers, une lueur au bout de la mer attire leur attention. Rel traverse avec Fax, pour se retrouver dans des limbes où sont réhabilités ceux qui n'ont pas commis de faute assez grave pour être damnés. Des géants scintillants gèrent les lieux et leur annoncent, plutôt curieusement, que la fin du monde est proche.

Fax et Rel reviennent pour faire état de tout cela à leurs concitoyens des anciens enfers. Nul ne sait qu'en penser. Continuant à communiquer à Lame son expérience des enfers, Rel l'emmène alors autour des ruines d'Arxann, l'ancienne capitale. Ils y revivent des souvenirs, y raniment leur passion, puis Rel laisse Lame. Quand elle revient vers la zone habitée, c'est pour apprendre que Rel est retourné avec Fax aux limbes qu'ils venaient de découvrir.

Lame ne sait que faire. En compagnie de l'ancien sbire Taxiel, elle commence à examiner la dernière toile, inachevée, du peintre Séril Daha, leur ami commun, dont le meurtre avait précipité la conversion des enfers froids en une zone où les écarts sont moins grands entre damnés et autochtones. La toile pourrait servir d'oracle, mais comment ? Avant qu'elle n'ait livré le moindre message, Fax revient seul des limbes : Rel y est tombé gravement malade. Lame et Taxiel suivent Fax pour aller à son chevet. Cependant, Rel renvoie Lame d'où elle vient, lui intimant de pénétrer l'énigme de la toile. Chargé de la reconduire, Fax lui suggère un détour. Dans la doublure entre les limbes et le vide, ils trouvent une source et un gouffre, tandis que se précisent des souvenirs de leur vie précédente. Fax, en particulier, se rappelle s'être déjà appelé Taïm Sutherland. Le gouffre qu'il observe, il le reconnaît pour y être passé avec la Dragonne de l'aurore. Cette découverte lui rend sa prestance.

De retour aux anciens enfers, Lame s'isole dans les ruines d'Arxann avec la toile au centre vide de Séril Daha. Taxiel lui suggère de chercher aussi une porte. Une année passe. Au loin, Rel se rétablit et Fax renoue avec celui qu'il a déjà été, dans une autre vie, tout en ayant une impression accrue d'y avoir connu Rel qui, par contre, ne le reconnaît pas.

Un jour, Lame comprend le sens que la toile de Séril Daha a pour elle. Du coup, elle découvre une porte dans les ruines. Taxiel, Rel et Fax la rejoignent. La porte découverte par Lame est celle que Taxiel avait franchie jadis pour aller à la recherche du jeune Rel en fugue ; elle mène au même monde que la porte verte avant qu'on ne la déconnecte. Celui-ci est sans doute le lieu de la vie précédente de Fax. En outre, les oiseaux-bourreaux viennent de là, c'étaient les amis du jeune Rel, qui l'ont suivi jusqu'aux enfers par loyauté et y ont été transformés en bourreaux.

La porte peut être franchie. Les enfers se préparent à rétablir le contact avec le monde où Rel et Fax ont vécu leurs plus beaux souvenirs...

Je descends en moi, jusqu'à ce que je touche au monde entier. Je suis alors étendu, nappe d'huile sur l'univers mouvant. J'interroge les profondeurs en silence : où est le dieu, au fond de sa caverne ? Je l'appelle, je veux me fondre en lui, plus lumineux que le soleil. Pourtant je demeure seul avec mon désir, comme une toile d'araignée jetée sur la mer, et qui se rétrécit, se recroqueville, pour ne plus former qu'une petite boule grise, un homme, moi-même... Quelle solitude. Jusqu'où devrai-je aller ?

... Je ne sais pas si c'est ma volonté qui agit, ou une volonté plus grande, tenant à la fois du rêve et du réel, qui s'exprime en moi. Je me sens entraîné, jouet consentant de forces qui me brisent. Ma soumission est le seul moyen d'échapper au désespoir. Plus je cède, et plus le monde que j'ai quitté, celui où les autres évoluent, avec ses coutumes, ses politesses, me semble étrange, menaçant même. Je ne connais pas les chemins que je parcours, mais chaque jour j'ai l'impression de faire éclater la réalité comme un décor sans cesse plus vrai, et de m'enfoncer vertigineusement vers mon but. Cet homme du Sud dont j'ai commencé à te parler, n'est pas comme moi. Je me le représente ancré dans tous les niveaux de connaissance tel un arbre enraciné, un sorbier au tronc vigoureux, au feuillage subtil, aux fruits mûrs.

Il passera certainement par Ougris pour venir ici. Il se peut que sa vie soit mêlée à la tienne.

Chann, saurais-tu le reconnaître?

Je te salue,

Ivendra Galana Galek

(extrait de la neuvième lettre à Chann Iskiad;
L'Épuisement du soleil [1])

---

[1] L'ensemble du texte de *L'Épuisement du soleil*, auquel ont été ajoutés de nombreux passages inédits, sera réédité en deux volumes dans la collection « Romans » des Éditions Alire. Le premier, *le Rêveur dans la Citadelle*, est déjà disponible ; le second, *l'Archipel noir*, paraîtra en mars 1999 (voir l'extrait à la fin de ce livre).

PROLOGUE

Il se laissait glisser au creux des vagues bleues et vertes, retenant sa respiration pendant des heures, avec l'assurance princière qui était son héritage. Ses cicatrices les plus profondes lui faisaient encore mal, mais le bercement des vagues permettait de tout accepter. Son corps étrange lui faisait encore honte, sauf que l'eau aimait n'importe quelle forme. Pourquoi ne le ferait-il pas aussi ?

Il se laissait sombrer dans les profondeurs liquides, les cheveux semblables à des algues, presque noyé en lui-même, devenant glauque lui aussi, translucide. Jamais fixe, il ondulait, ne sachant s'il était en train de guérir ou de se perdre, libre comme l'eau, ni mort ni vif telle une vague.

Il nageait comme les oiseaux sous l'eau, pêchant à leur exemple mais relâchant toujours ses proies. Non, il n'était pas un prédateur, il ne le serait jamais. Il avait trop vu de proies se faire torturer, éventrer, brûler, scier, congeler, empoisonner ou étouffer. Jamais, jamais, plutôt souffrir mille morts, jamais il n'infligerait de blessures à quiconque. Ses mains agiles attrapaient le poisson avec autant d'adresse que le bec des oiseaux qui l'accompagnaient. Cependant, du même geste, retenant les volatiles il laissait s'échapper la flèche argentée et vivante, heureux de la voir s'enfuir, savourant le souvenir de la vie qui avait frétillé un instant au creux de ses paumes. Heureux de donner la liberté, heureux d'être loin des regards qui jugent, il ne faisait qu'un avec l'océan, oscillant avec lui et chantant pendant les tempêtes. Quand personne ne pouvait l'entendre sauf le vent.

À ses copains de la rive, à ceux avec qui il partageait la nourriture et les rires, il ne voulait pas leur dire d'où il venait: cela les aurait rendus tristes. Il n'osait pas leur annoncer qu'un jour il se ferait reprendre, ramener de force dans le monde de cauchemars dont il était parvenu à s'enfuir. Il ne tenait pas à leur enlever leur bonheur, pas plus qu'à leur révéler l'étendue de ses pouvoirs. Il acceptait avec gratitude ce qu'ils lui offraient d'amitié et de place autour du feu. Il aurait voulu que ces jours-là durent l'éternité.

C'est pourquoi il ne leur avait pas dit son nom de là-bas, son nom du pays de la violence et de la justice punitive. De cette zone de douleur, le moins possible serait nommé ici. Il était apparu un jour parmi les vagues où il passait depuis lors le plus clair de ses journées. En conséquence, on l'avait appelé Océan.

Première journée, la salle

Les mois avaient passé depuis la découverte de la porte sous Arxann, qui servait à communiquer avec le monde où s'étaient déroulés les plus beaux souvenirs de jeunesse de Rel, ainsi que toute la vie précédente de Fax, celle où il s'était appelé Taïm Sutherland.

Lentement, méthodiquement, les données sur la réalité actuelle de ce monde-là devenaient accessibles. Il faudrait y pénétrer avec une prudence extrême. Pour contempler de nouveau les lieux où jadis il avait séjourné, Rel risquerait sa vie et celle de ses compagnons. Donc, avant de se lancer dans l'aventure, à la demande générale il avait accepté de parler publiquement de ce qu'il avait toujours passé sous silence : son enfance et sa jeunesse. Ainsi, s'il devait périr, il laisserait ses souvenirs les plus secrets en héritage.

Les nouveaux enfers chauds servaient depuis longtemps de lieu de rassemblement. Une grande partie du territoire hébergeait diverses installations pour la réhabilitation des damnés ; dans cette région plus chaleureuse que les autres, on trouvait quelques bâtiments administratifs. Dans le plus grand d'entre eux, la salle de cérémonie était le lieu où Rel prendrait la parole. C'est ainsi qu'il l'avait voulu. Tous étaient bien curieux de ce qu'il allait dire. Rel était très aimé ; par contre sa vie était pleine de zones d'ombre dont il n'avait jamais parlé, même à ses intimes.

Chacun des huit enfers envoya une délégation. Le territoire qui n'était plus un enfer, où Rel habitait, fit de même. Les limbes de l'autre côté de la mer, où Rel avait été récemment soigné, envoyèrent un observateur.

On décora la salle de bannières aux armes des neuf régions anciennement ou nouvellement infernales. On prépara les sièges, les caméras et le système de son. On organisa l'hébergement pour la semaine qu'allait durer l'événement. Les délégations d'autochtones, de bourreaux et de damnés légers arrivèrent l'avant-veille, mettant la dernière main aux préparatifs.

Rel arriva tôt le premier matin, avec les trois personnes qui l'accompagneraient dans son voyage. Lame, son épouse, était une ancienne damnée. Fax, son conseiller, s'était appelé Taïm Sutherland dans sa vie précédente. Taxiel, son homme de confiance, avait été sbire en chef aux enfers froids.

Ils franchirent le seuil de la salle aux murs de pierre noire, emplie d'une foule immobile et colorée. Rel prit son siège. À sa droite, Lame, puis les délégations douloureuses d'anciens damnés et de damnés assez autonomes pour être présents, certains crispés dans leur fauteuil roulant, d'autres portant un dispositif automatique de torture, tous avec l'horreur au fond des yeux. La plupart ne pouvaient rester longtemps immobiles et silencieux dans la salle et s'efforçaient de faire le moins de bruit possible quand ils sortaient souffrir dehors.

Devant Rel, le vieux Taxiel, géant à la moustache jaunie et à la redingote rouge brique, entouré d'une assemblée martiale et terrifiante de bourreaux, de sbires et d'anciens sbires, d'autochtones farouches des anciens enfers et de robots, tous redoutables, certains bourrelés de remords, d'autres indifférents, d'autres enfin affichant la morgue des assassins et des bouchers.

Certaines catégories de bourreaux n'étaient pas représentées. Les insectes des enfers empoisonnés et les fourmis des enfers mous avaient été excusés : cette réunion était étrangère à leur manière de penser. Cependant, au fond de la salle, siégeait une délégation d'oiseaux-bourreaux des enfers tranchants, parmi lesquels Tryil, télépathe émérite. Nib, le roi des oiseaux, que Lame avait connu de près, avait préféré rester au travail et assurer la permanence des tourments ; il avait délégué Tryil, qui avait la réputation d'être un communicateur particulièrement habile.

À la gauche de Rel, Fax-Sutherland sobrement vêtu de bleu sombre, chevelure rouge sombre et allure cultivée, accompagné de l'observateur venu des limbes et des délégations sereines, compatissantes et parfumées d'autochtones voués au bien-être des damnés, parmi lesquels d'élégants Sargades des enfers froids avec leurs grappes de damnés apprivoisés.

Aux pieds de Rel, sa fille Aube, représentante des juges du destin aux enfers froids, avec une partie de sa grappe de damnés muets à l'allure caoutchouteuse, peu souffrants, vautrés sur le tapis de laine blanche et s'amusant distraitement avec des jeux de blocs.

Sur le mur derrière Rel, une tapisserie de soie noire à épées d'or évoquait la présence des juges du destin, dont Rel, les bourreaux et les autochtones demeuraient les exécutants. Cette tapisserie n'était pas qu'un simple élément décoratif. Les juges sont des êtres mystérieux. Leur conscience n'est peut-être pas liée à une forme corporelle fixe. La tapisserie leur était en quelque sorte offerte pour qu'ils puissent y résider s'ils le jugeaient bon, et écouter le récit. Ils pourraient alors manifester leur présence par des frémissements dans le tissu.

On épingla le micro à la tunique d'apparat de Rel.

Il regarda longuement Lame, svelte et droite, en robe rouge, ses longs cheveux noirs roulant jusqu'à la taille. Elle lui rendit son regard. Maigre dans ses vêtements noirs ornés d'argent, sans âge, le cheveu noir et les yeux brillants, il semblait ému. Elle l'aimait comme au premier jour.

Ensuite il contempla les damnés, les bourreaux puis les autochtones, terminant par sa fille aux lèvres noires et à la robe verte, qui lui ressemblait et lui souriait.

Tous se saluèrent.

Il commença son récit:

« Un de mes plus anciens souvenirs remonte à la vie qui a précédé celle-ci. J'y portais également le nom de Rel – il n'est pas rare que l'on porte des noms semblables d'une vie à l'autre. J'y étais également prince : prince des transmuteurs sur un monde très extérieur, en plein ciel. Là, bien des gens avaient des talents parapsychologiques : télépathes, intuitifs, transmuteurs... Pour moi, c'était une sorte de paradis. Ce monde-là, je ne le regrette pas, je ne cherche pas à y retourner. Je n'ai jamais eu l'impression d'y avoir abandonné une part de mon cœur, comme c'est le cas pour le monde de l'autre côté de la porte d'Arxann, où j'irai bientôt. Dans cette sorte de paradis, au contraire, je n'étais qu'en transit, pour apprendre comment me rendre ici sans perdre ma bonté. Pour vous aussi, ce pourrait être un lieu de transit un jour, qui sait ?

« Un mot sur ma vie précédente : il est clair que ce que j'identifie comme tel n'est peut-être qu'invention. Beaucoup d'entre vous – la plupart des damnés, par exemple – sont arrivés dans l'un des enfers sans y être nés d'un père et d'une mère. Vous vous y êtes simplement retrouvés, nés spontanément ici avec un corps adulte, après la fin de votre vie précédente. Vous conservez alors souvent des souvenirs de votre vie précédente, qui vous permettent d'ailleurs d'avoir une idée de la raison pour laquelle vous vous ramassez ici. Par contre plusieurs d'entre vous – les autochtones, par exemple – sont comme moi nés d'un père et d'une mère dans cette vie-ci. Il est alors plus rare de se rappeler de ce qui a eu lieu avant.

Ce que je vais maintenant évoquer, je l'ai reconstitué au fil des ans, encouragé en cela par des juges du destin. Ces souvenirs ont l'allure d'une saga. Ils ne sauraient faire de moi un être hors du commun : ils ne sont peut-être que pure fiction. En plus, qui sait quels magnifiques récits chacun d'entre vous pourrait tirer de ses vies passées ? Je vais pourtant vous en parler, parce que j'ai trouvé là une façon créatrice de voir ma vie et une inspiration pour aller de l'avant.

« Je ne vois pas qui, dans cette salle ou ailleurs, ne pourrait pas se retrouver un jour dans un paradis qui ressemble à Anid, où il me semble bien être allé dans ma vie précédente. À défaut d'être physiquement dans un lieu semblable, rien ne vous empêche d'y penser. Tout y est à la fois doux et flamboyant, un immense espace fleuri de pierres précieuses. On a l'impression de n'être ni sur terre, ni perdu dans le vide, mais de voguer très haut dans un ciel lumineux d'azur à reflets verdoyants, d'une beauté indescriptible, hors d'atteinte du mal. De là, on peut tout voir, être au courant de tout et faire du bien, avec efficacité. Je n'y avais que des amis. Cependant, je n'ai pas regretté de partir. Depuis mon séjour là-bas, je sais que j'ai un cœur de ciel. Depuis que je vis ici, je vois bien que tout le monde en a un. »

Rel avait prononcé cette dernière phrase d'une voix forte, qui résonna sur la foule de damnés et de bourreaux. Personne ne réagit, ses auditeurs ne sachant que faire d'une telle déclaration.

Cœur de ciel

Maître Vayinn considéra le jeune prince des transmuteurs, nouvellement arrivé, qui le dévisageait d'un air noir en se grignotant l'ongle du pouce.

Les transmuteurs, ici sur Anid, c'étaient ceux qui pouvaient changer de forme. Vayinn savait que celui qui lui faisait face en était un : plus tôt, il l'avait vu transformer une de ses mains en fleur mouvante, ce que lui-même n'avait jamais réussi. Vayinn était transmuteur senior. Chez lui, comme chez tous ceux qu'il connaissait sauf ce nouveau venu, le talent n'était pas inné, mais avait été le fruit d'un rigoureux apprentissage. Vayinn avait un point de vue philosophique sur la pratique de son art : c'était une célébration de l'absence de personnalité fixe, permanente, des êtres vivants. Comédiens et agents doubles, ceux qui excellent dans les rôles de composition, étaient pour lui des cousins. Découvrir sans cesse qu'il pouvait être n'importe qui, voilà qui lui procurait un plaisir dont il ne se lassait pas. Ce jour-là, il avait pris l'apparence d'un chef d'entreprise à l'allure sportive et décidée, dans l'intention d'en imposer un peu au jeune délinquant surdoué qu'il lui faudrait apprivoiser.

Le titre de prince, sur Anid, n'avait rien à voir avec une noblesse héréditaire ou des possessions de châteaux, de terres ou de serviteurs. Rien à voir non plus avec des serments d'allégeance. Un prince, ou une princesse, c'était une personne chez qui un certain talent parapsychologique était inné. Chez les transmuteurs, il n'y avait tout simplement jamais eu de prince. On n'avait jamais trouvé d'enfant qui se mette à changer de forme comme cela, pour le plaisir, sans que personne lui ait enseigné comment faire. Au contraire, chaque transmuteur avait dû apprendre son art en s'astreignant à des exercices et en écoutant ses professeurs.

Sauf sans doute celui-ci. Vayinn était ému. Il percevait chez celui qui lui faisait face la personnalité versatile propre aux transmuteurs, en même temps qu'une bravoure frôlant l'inconscience. La visionnaire qui l'avait perçu pour la première fois lui avait attribué le nom de Rel, acronyme de Roi à l'esprit libre.

Rel, le jeune homme au début de la vingtaine qui regardait Vayinn, n'était même pas né ici, mais dans un monde de riches rentiers, Dzètassis. Son talent étonnant lui venait sans doute des circonstances entourant les mois qui avaient précédé sa naissance. Il avait été conçu hors mariage, ailleurs qu'à Dzètassis ; son père aurait voulu que sa mère avorte, mais elle avait préféré s'enfuir. Une de ses tantes habitant sur Dzètassis, elle s'y était fait téléporter, sans dévoiler son état. Elle mettait ainsi en danger l'embryon qu'elle portait : avec la technologie disponible dans la région, la téléportation des femmes enceintes était déconseillée et n'avait lieu qu'entourée de précautions, ne serait-ce que parce que le corps des personnes téléportées n'était pas reconstitué tel quel, mais transformé, pour être adapté aux conditions de vie prévalant dans le nouvel environnement. Par contre, si elle avait déclaré attendre un enfant, on lui eût refusé l'accès à Dzètassis : les rentiers, c'est connu, préfèrent se trouver entre adultes. Le corps des femmes y est d'ailleurs incapable d'enfanter. Une fois sur place – avec un corps de rentière – elle sut convaincre sa tante de la cacher pour la fin de sa grossesse, qui semblait néanmoins se dérouler sans encombre. Un robot muet lui fit une césarienne en temps voulu.

Le talent de Rel venait sans doute de cette téléportation non sécuritaire à laquelle il avait été soumis alors qu'il n'était qu'un petit embryon dans le sein de sa mère. Cette expérience précoce de désintégration et de réintégration lui avait donné, par un heureux hasard, une forme plus souple, plus polyvalente, que celle de tout un chacun.

Par contre, il avait dû être tenu caché pendant son enfance, ce qui lui avait donné un drôle de caractère. Une quinzaine d'années plus tard, les rentiers avaient alerté Anid non pour leur apprendre qu'un être aux pouvoirs merveilleux habitait parmi eux, mais bien plutôt pour se débarrasser de lui, un délinquant de la pire espèce.

Débarrasser des indésirables faisait partie des services offerts par Anid : on y trouvait des télépathes et des intuitifs capables de débusquer les tendances les mieux dissimulées.

Indésirable parmi les rentiers, Rel l'était, certes. Son existence s'y déroulait en marge puisque, pour commencer, il n'avait même pas le droit d'être là ; ça, c'était devenu un détail : avec sa faculté naturelle de changer de forme, il avait vite appris à ne pas attirer l'attention. D'autre part, l'adolescence venue, il s'était rendu compte à quel point il vivait dans une impasse. Il y avait réagi avec rage, passant son temps à se transformer en monstre malingre et souffrant en se vivisectant lui-même. La souplesse de sa forme lui permettait de recommencer l'opération. S'il y perdait son sang chaque fois, l'exercice n'en était que plus percutant. Il n'en avait rien à fiche de l'endroit où il vivait, des gens qu'il côtoyait ; autant se distraire en maltraitant son corps, ça lui donnait l'impression de vivre. En plus, ça choquait le bourgeois. Comme il voyait dans son comportement une planche de salut contre la bêtise envahissante, il avait en outre initié nombre de rentiers à ce passe-temps désaxé et cruel, tenant lui-même le bistouri pour qu'ils deviennent des Vivants, comme on disait là-bas, autrement dit des espèces d'écorchés vifs ambulants.

Ce genre de pratique troublait la paix publique, c'est le moins qu'on puisse dire. Voilà pourquoi on avait requis les services des gens d'Anid.

En tout cas ici, sur Anid, il ne serait pas indésirable. On tâcherait de lui faire passer ses mauvaises habitudes – c'était précisément le mandat de Vayinn. Ici, il était celui que l'on n'espérait plus, le Rel, le premier prince chez les transmuteurs ! Selon la philosophie anidienne, quiconque changeait à volonté de forme avait l'esprit particulièrement libre de toutes les habitudes, de toutes les tendances qu'on aurait voulu lui inculquer. Vivisecteur déchaîné ou non, on ne le rejetterait pas, au contraire.

—Puisque vous pouvez changer de forme, déclara Vayinn, vous avez dû vous rendre compte qu'une forme, ça n'a vraiment pas d'importance. Par contre, ce que je voudrais que vous réalisiez, c'est à quel point ce fait-là, lui, a de l'importance.

Vayinn lui-même, avant de devenir prof, avait travaillé non pas à des opérations de services secrets, mais plutôt à faire sentir l'essence de la réalité à quiconque le désirait. Lié par contrat à des gouvernements dans des mondes variés, il avait passé des années au chevet de malades en phase terminale, de condamnés à mort et autres adolescents perturbés, pour leur faire goûter la totale absence de rigidité du monde, leur montrer qu'eux-mêmes étaient intérieurement un déploiement de formes et d'atmosphères changeantes, sans retenue ni limites. La plupart de ses employeurs n'avaient été nullement disposés à pratiquer eux-mêmes une telle sagesse, cependant ils admettaient qu'elle pût être d'un certain secours aux déshérités.

Rel devait forcément la connaître, cette resplendissante fluidité intérieure ! Par contre, il n'en avait visiblement pas saisi toute la richesse.

Comment établir un lien de confiance avec ce jeune barbare fier et exsangue qu'on venait d'arracher de force aux véhéments plaisirs des supplices ? Ce serait un travail de longue haleine. En tout cas, il fallait bien commencer quelque part.

— Alors, reprit Vayinn en se sachant maladroit, cette obsession de se transformer en écorché vif, ça rimait à quoi ?

Évidemment, Rel choisit le silence. À sa place, Vayinn aurait fait de même.

— Une chose est certaine, poursuivit-il : la douleur, ça occupe l'esprit.

Pour montrer qu'il savait de quoi il parlait et un peu aussi pour faire étalage de ses capacités, Vayinn se transforma sur-le-champ en créature bien sanglante, avec des fractures ouvertes et les tripes à l'air. Ça n'avait rien de confortable.

— Difficile de songer à autre chose qu'à la douleur quand on est dans un état pareil, articula-t-il.

Sans que l'expression maussade de son visage se modifiât, Rel lui allongea un coup de poing dans le ventre. Vayinn hurla.

— Guignol, déclara Rel.

— Et vous aimez faire mal en plus ? fit Vayinn, grimaçant et surpris, affairé à reprendre sa forme la plus usuelle.

— Moi ou quelqu'un d'autre, ça revient au même.

— Aha ! ne put s'empêcher de s'exclamer Vayinn, ravi.

Il acheva de reprendre son apparence ordinaire, celle d'une femme noire d'âge mûr.

De grognon, le visage du jeune homme devint intrigué :

— Aha ? répéta-t-il, se demandant comment interpréter cette exclamation.

Désorienté, regrettant son geste et son insulte, il enregistra tout : Vayinn et son air de vieille femme émerveillée malgré le mal de ventre, la lumière d'un bleu profond baignant la pièce où résonnait encore le son libérateur du « Aha », bien différent du jugement moral primaire qu'il ne connaissait que trop. Une émotion intense s'empara de lui. Au-delà de toute attente, il se sentait accepté avec sa passion, sa violence et sa soif d'authenticité. Ce souvenir-là allait le suivre jusque dans sa vie suivante.

Vibrante mais contenue, Vayinn indiqua la fenêtre :

— Ici, dit-elle, on ne manquera jamais d'espace. Il y a le ciel tout le tour, au-dessus et en dessous. On a accès à beaucoup de lieux, mais aussi à beaucoup d'états d'esprit. On peut se rendre à des années-lumière d'ici et savoir ce qui se passe des enfers jusqu'au ciel.

— Les enfers ? Ils existent ?

— Peu s'y sont risqués.

— Je veux m'y rendre. C'est ma place.

— Plus tard, ce sera peut-être une bonne idée. Pour l'instant, vous n'êtes pas assez fort.

— Vous voulez parier ?

Vayinn toisa Rel et répondit :

— Hors de question ! Avec les mauvaises habitudes que vous avez en ce moment, vous ne feriez qu'un damné de plus !

—C'est ce que je veux.

—Je ne vous dirai pas comment y aller. Monsieur le prince des transmuteurs, j'aimerais vous connaître avant de vous laisser partir. Restez un peu dans notre paradis. Vous pourriez commencer votre séjour ici en vous exerçant à abandonner les distractions discutables liées à la douleur subie ou infligée.

Contrarié, le prince Rel ouvrit la fenêtre, se transforma en créature aux grandes ailes sombres et s'envola dans l'azur flamboyant.

Vayinn avait prévu une telle réaction. L'idée de le poursuivre ne lui traversa pas l'esprit. Ils avaient tout leur temps.

On mit des semaines à le retrouver, des années à l'apprivoiser, à le convaincre d'utiliser son pouvoir à bon escient. Formé selon la tradition que représentait Vayinn, Rel prit plaisir à avoir une apparence tantôt masculine, tantôt féminine, célébrant son absence d'attachement à un genre, son absence de loyauté à un style. On lui confia des missions, dont les enjeux étaient de plus en plus importants. À force de vivre parmi des gens qui lui faisaient confiance, il découvrit qu'il avait comme eux un cœur de ciel, capable d'aimer sans limites. Il savait déjà à quel point la forme est fugace ; réaliser qu'en plus l'amour est dénué de bornes acheva de faire de lui le prince des transmuteurs.

Anid était un petit monde plein de sagesse, dont les multiples talents des habitants servaient à améliorer la vie dans d'autres mondes. Quand Rel était à l'étranger, il savait entre autres dépister les gens qui, comme lui, ne voyaient pas tellement de différence entre leur douleur et celle des autres – donc entre leur bonheur et celui des autres.

Par contre, sa vie fut brève. Ses années d'horreur volontaire avaient miné sa santé. Quand il fut clair qu'il ne pouvait plus travailler, Vayinn alla le voir et s'assit à côté de sa chaise longue.

—Une dernière mission pour vous, annonça-t-elle. Celle dont vous rêvez depuis longtemps.

Rel tourna vers lui ses grands yeux fiévreux. Vayinn lui prit la main et déclara :

—Libérer les enfers. Vous commencez à être prêt.

—Comment le savez-vous ?

—J'ai étudié votre vie. Toutes les fois que je le pouvais, j'ai imité vos transformations. Leur ampleur de vision, leur beauté tranchante, leur générosité m'ont mené à cette conclusion. Vous êtes fait pour le mal qui se transmute en bien.

—Vous croyez que j'y parviendrai ?

—Vous, oui.

Rel s'y prépara jusqu'à sa mort.

Les devins les plus habiles furent consultés :

—Ce sera très difficile. Ce sera extrêmement utile. Ça prendra énormément de temps. Là-bas, le début de votre vie sera tragique, mais avant l'âge adulte vous aurez un répit. Puis viendra une longue épreuve d'endurance. Vous devrez être un ressort qui demeure indéfiniment enroulé pour se relâcher, sans un moment d'hésitation, au moment venu. Attendez-vous à un isolement immense.

Armez-vous d'une patience immense. Préparez-vous à affronter une colère immense.

—La colère, je connais.

—En effet, sinon vous ne seriez pas l'homme de la situation.

—Pour la patience, c'est autre chose.

—Vous la développerez en vous préparant à mourir.

La fin de sa vie fut douloureuse. Vayinn venait le voir presque tous les jours, pour le regarder se détendre malgré tout dans l'absence de forme.

—Comment je m'y rendrai, en enfer ? lui demanda un jour Rel.

—Votre question est la bienvenue. Aujourd'hui, vous êtes prêt à ce que je vous l'enseigne. C'est simple à expliquer. Écoutez et souvenez-vous : quand vous quitterez votre corps, pensez à descendre, allez vers la douleur ; ce faisant, n'oubliez pas votre cœur de ciel.

Rel y réfléchit. Puis il se risqua à poser une question plus égoïste :

—Est-ce que j'en verrai beaucoup comme moi, là-bas ?

—Je ne pense pas, Rel. La plupart des êtres aboutissent là sans le vouloir.

—J'aimerais rencontrer des gens qui me ressemblent, un jour.

—Il ne doit pas en exister beaucoup. On vous a prédit un immense isolement. Ne vous attendez pas à trouver d'aide.

—Bon. Après tout, la solitude ne me fait pas peur.

—C'est aussi mon impression. Vous avez vraiment l'esprit libre. De notre côté, nous ne serons pas totalement inactifs. Les télépathes et les intuitifs demeureront attentifs à vous, nous essaierons de vous inspirer, de vous encourager. Mais l'enfer, c'est loin, c'est creux. Pratiquement impossible pour nous d'y penser à tel point c'est horrible : contrairement au vôtre, notre esprit ne se plie à cet exercice qu'à reculons. On fera de notre mieux, on ne vous oubliera pas. Par contre, quel effet auront sur vous toutes ces bonnes pensées ? Peut-être aucun. Au moins rendez-vous compte que vous pouvez vous en passer.

—Ce projet, ce n'est pas simplement mon rêve ?

—C'est le mien aussi ! Je vous ai vu dans la fumée, je vous ai vu dans les flammes. Rien ni personne ne réussissait à entamer votre détermination d'être au service des autres. Alors je vous enjoins de vous y rendre. On aura besoin de vous là-bas.

—J'irai.

Il mourut. Volontairement, il fit descendre son esprit vers les précipices infernaux, pour y venir en aide aux damnés.

Ce n'était pas facile, parce qu'il avait pris l'habitude de la vertu. Il dut faire surgir colère, passion, aveuglement, s'enivrant avec eux sans toutefois y céder, pour descendre, descendre encore. Pour la dernière fois sans doute, il avait l'impression de voler, de planer, tel un condor décidé à s'établir dans la fange qui gît au fond de précipices aux arêtes d'acier. Avec précaution, il plongea dans des brouillards sombres, distinguant les autres âmes qui tombaient elles aussi et l'enjoignaient de participer à leurs cauchemars. Il accepta l'invitation, chargeant ses ailes du plomb de l'horreur pour pénétrer encore plus bas.

Puis il déboucha dans une grande caverne infernale. À sa surprise, tandis qu'il planait au-dessus des flammes et des pals, des insectes venimeux et des steppes glaciales, il lui sembla reconnaître certains visages désespérés, terrifiés, hurlant de douleur. Il vit celui qui avait été son père dans l'existence qu'il venait de quitter, qui l'avait abandonné avant sa naissance, le condamnant à une marginalité sans espoir dont seul le départ imprévu pour Anid l'avait sauvé. Il vit les rentiers qui l'avaient méprisé sans le connaître. Certains d'entre eux avaient même voulu sa mort. Après avoir passé la fin de leur vie dans l'opulence, ils étaient maintenant damnés.

Autrefois Rel les avait cordialement détestés ; une fois sur Anid, il les avait plus ou moins oubliés, cultivant à leur égard une tolérance amicale que l'éloignement rendait facile. Par contre, ici, cela ne suffirait plus : il était venu se consacrer à tous sans exception.

Violemment, il les embrassa d'un immense amour, qu'il maintint alors qu'il continuait à survoler les lieux de torture. Alors apparut devant lui Arxann, capitale des enfers. Dans une chambre du château maléfique au sommet de la colline, le roi et la reine des enfers étaient en train de s'unir. Dans l'esprit de Rel, qui percevait l'atmosphère davantage que les formes, on eût dit des montagnes de fer en fusion en train de se cogner ensemble. Le vacarme était assourdissant. La sensation de bêtise et de rage était étourdissante. Rel sut où était sa place. Il insinua son esprit entre les deux terrifiantes horreurs et devint leur enfant.

Son récit terminé, Rel contempla la salle silencieuse. Ses auditeurs étaient figés. Il les salua et ils lui rendirent son salut. Puis il se leva, suivi en cela par Lame, Fax et Taxiel. Ils sortirent par l'allée qui séparait les bourreaux des autochtones.

Rel en profita pour parler à Tryil, l'oiseau des enfers tranchants, qu'il n'avait pas vu depuis longtemps. Ils établirent le contact télépathique dont ils avaient l'habitude : Rel parlait naturellement et Tryil émettait, pour lui seulement dans ce cas-ci. Il aurait pu avoir un rayon d'action beaucoup plus puissant, mais leur bavardage amical n'avait pas besoin d'autres auditeurs.

Tryil sortit avec eux. Il avait l'allure d'une cigogne géante au bec rougi de sang. Ses petits yeux noirs, perçants, rappelaient à Lame d'étranges souvenirs, ceux de Nib, son supérieur, avec qui elle avait fait l'amour devant les juges du destin. Une fois par vie, ce genre d'exercice.

Finalement Tryil salua tout le monde, civil malgré les goûts sanguinaires qui étaient ceux de son espèce. Il s'envola vers la droite, vers la porte inter-mondes qui s'élevait tout près. Les enfers tranchants, où il habitait, étaient voisins des enfers chauds où ils étaient. Lui-même et ses congénères pouvaient donc rentrer chez eux entre les causeries, pour y continuer leur travail de bourreaux qui dépècent savamment des damnés attachés au sol.

Deuxième journée, la salle

Le deuxième jour, quand tous furent installés, Rel émit un avertissement :

« J'arrive à une partie assez dure de mon récit. Je vous remercie d'être tous venus, mais je vais demander à certains d'entre vous de quitter la salle. Ce n'est pas que je veuille vous exclure ; vous pourrez regarder l'enregistrement plus tard si vous le désirez, mais renseignez-vous avant pour savoir ce qu'il contient et décidez si vous voulez vraiment connaître tous ces détails. Ma demande s'applique plus particulièrement à certains de ceux qui me chérissent le plus, qui pourraient être secoués en écoutant ce que j'ai à raconter. Toute autre personne qui n'a pas envie d'entendre parler d'horreurs peut également s'en aller. »

Ici Rel regarda son épouse Lame et sa fille Aube, qui sortirent par la porte à sa droite, avec tous les damnés, qui n'avaient vraiment pas besoin de plus de stress que celui qu'ils subissaient déjà. Le fidèle Taxiel fit également mine de se lever, mais Rel lui fit signe de rester. Par contre, beaucoup des amants et des maîtresses de

Rel quittèrent la salle par le fond, groupe parfumé, bigarré, d'autochtones et de bourreaux déjà pressés de savoir comment passer les prochaines heures.

Ceux qui demeuraient dans la salle se rapprochèrent de Rel, qui fit asseoir Taxiel à sa droite, face à la salle, en tant que témoin de son enfance. Parmi les autochtones, les Sargades des enfers froids, qui en voulaient encore à Rel de ne pas avoir empêché le pays de sa propre mère de devenir un enfer, semblaient se réjouir à l'idée de l'entendre parler de la période la plus noire de sa vie. Chez les bourreaux, quelques grands oiseaux des enfers tranchants gonflaient leurs plumes d'un air cruel. Ayant fait sortir ses plus chaleureux partisans, Rel se sentait isolé. Cependant, un peu sur sa gauche, un visage capta son attention : celui de Fax, clair et allongé, serein, encadré du roux tirant sur le pourpre de ses cheveux et de l'indigo presque noir de ses vêtements. Ses privilèges de juste rendaient Fax imperméable à la dépression et au malheur, ce qui pouvait limiter son expérience. Aujourd'hui, c'était un avantage. Il soutint le regard de Rel et lui fit un clin d'œil. Il avait les yeux verts. L'an passé, Rel, très malade aux limbes, avait souvent vu Fax se pencher sur son lit et lui faire des clins d'œil verts. Celui-ci, comme les précédents, lui rendit son aplomb.

Il se lança donc dans sa narration.

« Mon plus ancien souvenir de cette vie-ci est celui d'une mésaventure qui aurait pu être anodine. J'étais dans le sein de ma mère, enceinte de quelques mois. Puisque j'avais pris l'habitude, lors de ma vie précédente, de pouvoir adopter une variété de formes, je m'exerçais ici à faire de même. Comme j'avais été l'élève d'un être à l'identité sexuelle d'une fluidité déconcertante, je n'avais pas encore décidé si, dans la vie qui s'annonçait, je choisirais d'être garçon ou fille. En plus, sur Anid – au paradis en somme – j'avais aimé m'envoler ; pourrais-je avoir des ailes en enfer ? Mon tout petit corps de fœtus était en train de devenir bien différent de celui que j'avais quitté. Il était néanmoins encore assez souple, même si je notais qu'il prenait une forme de plus en plus déterminée à mesure que le temps passait.

« Un jour, donc, que je réfléchissais à tout cela, afin d'avoir les idées plus claires je pris la forme de mon indécision : un corps à la fois mâle et femelle, avec deux petites ailes qui pourraient grandir, ornées d'yeux pour regarder vers l'arrière. Et, d'un coup, tout cela se figea. J'avais atteint un stade de développement où je ne pouvais plus changer !

« Je trouvais cela plutôt drôle : après tout, les enfers sont reconnus pour abriter les monstres les plus divers ; je ne détonnerais pas dans un tel environnement. J'étais sous l'impression qu'on m'accepterait tel quel.

« C'était compter sans le fait que j'étais fils de roi. Taxiel, tu étais présent à ma naissance. Qu'as-tu vu ? »

Assis sur sa chaise face à la salle, le grand Taxiel ne répondit rien. Il rassemblait peut-être ses idées, à moins qu'il ne fût intimidé, lui pourtant peu froussard.

—Si tu ne veux pas en parler, pourrais-tu dire pourquoi? demanda Rel.

Troublé, Taxiel se tourna vers Rel et expliqua, en des mots qui cadraient mal avec son aspect fruste:

—Je pourrais narrer cela selon plusieurs registres, correspondant aux divers groupes présents ici. Je ne trouve pas les mots qui plairaient à tout le monde. Pour les bourreaux fidèles à ton père, dont j'étais à l'époque, ainsi que pour ceux qui sont encore au poste sans s'inquiéter de l'avenir, ce serait un rappel de nos heures de gloire. Pour les Sargades au contraire, ta naissance marque le début de ta traîtrise à leur égard. Quant à toi, tu l'as vécue comme une tragédie. Je suis vieux. Je n'ai aucune envie de me faire de nouveaux ennemis.

En disant cela, Taxiel lorgnait du côté des Sargades.

—Cependant, insista Rel, tu te prépares à m'accompagner de l'autre côté de la porte d'Arxann. Si nous y rencontrons des ennemis, que feras-tu?

Ce genre de remarque, de la part de Rel, ne présentait rien de nouveau. Il aimait taquiner Sarhat Taxiel, l'un des seuls dans tous les enfers à être son aîné. D'habitude, Taxiel avait le sens de la répartie. Aujourd'hui, rien à faire, il était intimidé. Au mépris des convenances, le vieux sbire tira un cigare de sa redingote et se mit à le fumer, tenant mi-clos ses yeux jaunes. La bonne odeur du tabac lui donnait une contenance.

—Si c'est pour ça que vous avez fait sortir les femmes et les malades, ça se comprend, remarqua un jeune autochtone des enfers empoisonnés.

Un fou rire secoua la salle. Par solidarité avec Taxiel, quelques sbires allumèrent leur pipe ou prirent une lampée d'alcool à un flacon. Des autochtones les regardèrent de travers, mais personne ne sortit. Taxiel semblait hésiter entre le rire et l'embarras. Il laissa son cigare s'éteindre et considéra les affreux oiseaux télépathes installés derrière tout le monde, qui semblaient jouir de tout cela. Puis, avec Rel à sa gauche et le reste de la salle à sa droite, il se mit à raconter comment Rel était né.

LES AILES COUPÉES :
LE TÉMOIGNAGE DE TAXIEL

À cette époque, les enfers étaient bien différents de ce qu'ils sont maintenant. Pas seulement au point de vue du territoire, où tout s'entassait dans le gigantesque hangar, comme on dit, de ce qui est à présent les anciens enfers. Mais surtout du point de vue de l'atmosphère. Par rapport à ce que vous connaissez, c'était beaucoup plus âpre. Quelques bonnes âmes se risquaient bien ici et là sur le territoire, mais, pour le reste, l'enfer, c'était le royaume des bourreaux. Nous étions tous très cruels et très fiers.

J'étais alors un jeune sbire de cinq cents ans, la fleur de l'âge. J'avais longtemps servi à l'entrée est des enfers, celle qui est au bord de la mer qui mène maintenant aux limbes, puis aux enfers chauds. J'étais plus beau qu'aujourd'hui et toutes les filles me tombaient dans les bras. J'aimais le carnage. Pour ça, j'étais servi. Il y avait toujours un damné à embrocher. Quel destin m'attend après ma mort, avec tout ce que j'ai fait dans ce temps-là, en y prenant plaisir ? Autant parler tandis que j'ai une voix : les damnés souvent n'en ont plus !

Un certain esprit de corps régnait parmi les sbires. Notre roi, Har, était un bourreau comme nous, le plus fort et le plus dur. Il n'avait absolument pas honte d'occuper ses fonctions. Il faut que vous compreniez que l'enfer, c'était vraiment notre pays. Pour vous des huit nouveaux enfers, la situation est différente. Vous avez encore une bonne idée de ce que votre monde était avant de devenir un enfer. Pour nous, au contraire, il y avait des millénaires de brasiers, de glaces, de poisons installés sur notre territoire. L'enfer était notre patrie. De génération en génération nous faisions notre travail, avec sauvagerie certes, mais sans baisser les yeux. Le point de vue des damnés, pour nous, n'existait tout simplement pas.

Le roi Har était arrogant, ce qui d'ailleurs le rendait populaire. Il avait eu le front de demander la main d'une princesse sargade. Et il l'avait obtenue ! C'est dire qu'à l'époque, nous les infernaux étions craints, respectés. Les Sargades – je ne sais pas si vos livres d'histoire vous l'apprennent – en tout cas de mon point de vue, tel que je m'en souviens, les Sargades étaient des gens rusés, plus rusés que les infernaux. Les deux peuples devaient avoir une origine commune, tous les autochtones infernaux ont une origine commune puisque des mariages ont lieu et qu'ils sont féconds. Mais, en général, c'étaient plutôt les infernaux qui s'en allaient vivre chez les Sargades : il s'en trouvait toujours parmi nous pour ne pas aimer la fumée et le sang. Je ne sais pas pourquoi cette princesse – Rel, je ne me souviens plus du nom de ta mère, on disait toujours « la reine » ou « elle » – pourquoi elle avait accepté de s'exiler. Sans doute une obscure histoire de famille. Mais, chez nous, ça avait l'air d'une victoire.

Un jour donc, cette jeune fille toute douce est arrivée chez nous. Au bras du plus fort, du plus sanguinaire d'entre nous, au bras de notre roi Har, que nous aimions bien. Il n'était pas injuste. Il voulait notre prospérité, c'est-à-dire encore plus de damnés sur le territoire et davantage de tourments offerts, puisque nous étions payés par tête de damné, en fonction de la dureté du châtiment. Il savait plaire aux juges du destin en exécutant ce qu'on lui demandait, du châtiment de qualité, répondant exactement aux normes du jugement. J'étais content qu'il ait conquis le cœur d'une belle. Nous leur avons organisé un mariage pas trop brutal – la belle-famille était là. Ils avaient tout de même l'air scandalisé. Ça faisait partie du plaisir, en ce qui me concerne.

Nous étions méchants, c'est vrai. La pauvre fille s'est retrouvée avec sa dame de compagnie, toutes les deux isolées parmi les brutes infernales. D'accord, on l'appelait « Votre Majesté » et elle n'avait pas à inspecter les puits de flammes et les marécages puants avec son mari, mais là s'arrêtaient ses privilèges. Elle n'avait rien à faire du matin au soir. Har attendait qu'elle lui donne des héritiers. Elle était un réceptacle pour la semence de son mari, une potiche où pousseraient des petits infernaux identiques à leur père – enfin, c'est ce qu'on s'imaginait qui se passerait. Je me demande où elle trouvait la patience de se faire traiter de la sorte. Je ne l'ai jamais vue pleurer. Il est vrai que je ne l'ai pas vue souvent. Avant qu'elle ne devienne folle, bien sûr. Mes excuses, Rel, mais je dis les choses comme je les pense.

L'horrible dans toute cette histoire, ce n'est pas tellement ce qui s'est passé – après tout, on est en enfer, aux damnés il arrive tous les jours des choses mille fois pires. Te connaissant, Rel, c'est sans doute pourquoi tu n'aimes pas en parler : même si tu as eu mal, tu vois bien que ça ne compte pas pour grand-chose dans la perspective d'ensemble. Si à mon tour j'ai de la difficulté à en parler, c'est que le malheur lié à ta naissance est arrivé au roi Har, dont j'étais le loyal serviteur. Rétrospectivement, Rel, je peux dire que dès le moment de ta naissance on pouvait prévoir que la forme des enfers allait changer. Ta naissance à elle seule a fait basculer la situation. Ce qui avait semblé admissible brusquement ne l'était plus. C'était le début du chaos.

La dynastie des rois infernaux se perpétuait depuis des millénaires. Même si parfois il n'y avait pas d'héritier direct, la succession s'était toujours déroulée sans problème. Nous considérions tous cette stabilité, cette harmonie, comme une preuve que les juges nous aimaient et appréciaient notre travail. Cette fois-ci aussi, tout s'annonçait bien. La reine enceinte était joyeuse et en pleine santé. Le roi la convainquit de donner naissance non pas au palais d'Arxann, ce qui aurait été le cas si les choses s'étaient annoncées difficiles, mais sous une tente aux enfers froids, parmi les sbires et non loin des damnés, pour que tous puissent saluer le nouveau-né qui un jour serait leur maître. Il y avait là une certaine vanité – Har n'était pas connu pour sa modestie. Il voulait en mettre plein la vue. Il était puissant, fécond, et par-dessus le marché il allait montrer son enfant premier-né à tout le monde dès sa naissance, parce que lui, il faisait des enfants forts.

La reine était donc en train d'accoucher dans sa tente bien chauffée, entourée d'une nuée de sages-femmes. J'étais dehors, parmi une troupe de jeunes sbires qui avaient la faveur du roi. J'étais vraiment fier d'être là : ça voulait dire que j'étais un bon sbire. Nous avions préparé des pétards, nous avions la trompette à la main et nous échangions des plaisanteries grivoises en attendant l'heureux événement. De temps en temps, Har sortait de la tente, nerveux comme un futur père qui se respecte, pour bavarder avec nous. Non loin de là, des damnés des enfers froids, hagards, s'étaient rassemblés, attirés par l'activité qui se déroulait au beau milieu de leur lieu de châtiment.

Un dernier cri de la reine retentit à l'intérieur : tu étais né, Rel. On se mit à entendre tes vagissements, mais rien d'autre. À part ça, silence de mort dans la tente. Quelques minutes s'écoulèrent. On ne savait trop quoi penser.

Brusquement, Har déboucha de la tente, te tenant d'une main, nouveau-né tout nu, strié de sang, dont le cordon ombilical pendait encore. Il a couru jusqu'aux damnés et t'a jeté près d'eux dans la neige. J'étais juste à côté. J'ai pu voir que tu n'étais pas normal. On aurait dit que tu avais quatre bras, sauf que la deuxième paire, c'était plutôt des ailes sans plumes, comme celles d'un poussin qui vient d'éclore. En plus, il y avait un œil près de chaque omoplate.

Au lieu de t'abandonner simplement là, Har s'est acharné sur toi. Il a tiré son coutelas et, empoignant chaque aile, l'a coupée près de l'œil, à l'une des articulations. Je me rappelle le coup de poignet et la torsion qu'il devait faire pour que les cartilages se défassent. Puis il t'a écarté les jambes et j'ai bien vu que tu avais à la fois une vulve et un pénis. Tout à sa colère, Har semblait avoir l'intention de te castrer.

Soudain une damnée tout engourdie s'est interposée. Elle était très grosse, particulièrement moche; elle a joui d'un effet de surprise : on ne se serait pas attendu à cela de sa part. De ses mains glacées elle t'a saisi. Tu étais mutilé, couvert de sang et en train de hurler. Elle t'a remis à la dame de compagnie de la reine, qui t'a serré contre elle, pinçant tes moignons pour arrêter l'hémorragie, avant de s'enfuir vers la tente.

Nous les sbires, nous nous sommes alors ressaisis et avons empêché Har de vous poursuivre. Jusque-là, on avait hésité à intervenir : notre situation privilégiée auprès de lui était en jeu. Mais la damnée et la servante nous faisaient voir clair, au moins un instant. Nous avons entouré Har, l'avons félicité, avons pris un verre avec lui pour qu'il cesse de considérer comme une humiliation cet enfant qui lui arrivait. Certains ont fait détoner les pétards. Personne n'avait le cœur à sonner de la trompette.

J'ai mis du temps à m'en remettre, de cette journée-là ! Avant, ma vie était simple. Je faisais mon travail, je plaisais à mon chef. Mais quand Har t'a jeté dans la neige, Rel, quand il t'a coupé les ailes... J'aurais été plus à mon aise qu'il te tue, ç'aurait été plus net. Qu'il te juge indigne de vivre aurait pu se comprendre selon une certaine logique du pouvoir. Par contre, qu'il te mutile alors que tu venais de naître, cela montrait qu'il y avait en lui quelque chose de... pervers. Le mot semble fade. Quelque chose de vraiment détraqué, sadique, même pour nous. C'était trop. On aurait admis qu'il t'élimine en coulisse, pauvre petit monstre, puis qu'il tente de nouveau sa chance avec sa femme. Mais qu'il te coupe les ailes devant tout le monde et essaie de te castrer, non. Ça dépassait les bornes. Il a cru que tu l'insultais en naissant de lui. Ensuite, il a voulu te garder près de lui pour continuer à se venger. De quoi au juste, dans le fond ? Du stress d'administrer l'horreur ? Il aurait pu démissionner, ç'aurait été plus simple, il y avait des précédents. Il a voulu s'accrocher, suivre son arrogance.

Il n'y avait quand même pas de quoi lui être déloyal. Je n'allais pas mettre fin à ma carrière pour deux petits moignons d'ailes qui traînaient dans la neige.

En fait, Rel, il me fut plus facile de respecter mon serment d'allégeance ce jour-là que de te rejoindre, toi, des siècles plus tard. Malgré ce qu'il avait fait, Har continuait à donner des ordres clairs. Pour ses fidèles, il aimait qu'on l'aime et le rendait bien. Tandis que toi, Rel, tu n'es pas simple.

La simplicité du monde est disparue avec ton arrivée. Tu es né et, tout de suite, la rage du monde t'est tombée dessus. Je veux bien croire que c'est par distraction que tu t'étais retrouvé avec un corps pareil mais, en te voyant nouveau-né saigner dans la neige, je n'avais pas le cœur à te blâmer pour une distraction. Je ne savais pas quoi faire. Ton père, que j'avais cru digne de ma loyauté, agissait comme un dément. Je ne comprenais plus rien. Tu n'étais pas fait comme nous. Je n'avais pas envie de prendre ta défense. Nul ne t'a protégé sauf une grosse damnée qui s'est ensuite perdue dans la foule. Ainsi, les damnés n'étaient pas seulement des machines à souffrir. C'était très dérangeant. Encore moins que tes ailes, ça je ne voulais vraiment pas le voir.

Tu n'étais pas destiné à trouver des amis par ici. Personne n'avait envie de t'aider parce que tu nous troublais trop, que ce soit par ta seule présence ou par ce que tu nous forçais à comprendre, au moins pour un instant.

Ta naissance a mis la pagaille dans le ménage royal. L'un accusait l'autre d'être responsable de ton apparence. J'en ai entendu parler. Tu étais fluet comme un Sargade et laid comme un Infernal, mâle comme ton père et femelle comme ta mère, avec quatre yeux en tout, deux par monde. Des considérations diplomatiques empêchaient Har de répudier ta mère et de vous envoyer finir vos jours tous deux chez les Sargades. Vous êtes restés, elle à se languir et toi à grandir.

Tes blessures guérissaient et tu n'étais pas mort de froid; Har se fit une raison. Il minimisa à la fois ce qu'il t'avait fait et tes différences: après tout, tu n'étais pas si mal, ensuite il t'avait simplement enlevé un peu de chair inutile. Le temps a passé. On pouvait être sous l'impression qu'il t'acceptait. Tu étais en santé et intelligent. Ni lui ni sa femme ne voulaient faire d'autre enfant ensemble, ils ne s'aimaient pas assez pour ça, puis quel autre monstre risquaient-ils de mettre au monde? Alors, bon, ce serait toi le prince héritier. Je me demande qui a eu l'idée de t'appeler Rel. Personne ne savait que c'était un acronyme, comme tu nous l'as appris hier. Roi à l'esprit libre! En tout cas, avec toi le chaos est entré chez nous.

Ce n'était qu'une fissure au début, que ton père a voulu colmater de son mieux, en essayant de te donner une apparence un peu plus présentable. D'accord, il s'y est pris cruellement. Il t'a coupé les ailes. Mais, sur le coup, on ne remarquait pas tes larmes, tu n'attirais pas la pitié. Bestiole violacée, hideuse, tu poussais des hurlements discordants tandis que sous toi, petite mais captant l'attention, s'agrandissait la tache rouge sombre de ton sang bu par la neige. Pour le dire crûment : on avait envie de te voir souffrir parce que tu étais tellement laid. Ton père savait flatter les instincts les plus primaires. La douleur qu'il t'infligeait, la vue de ton sang, tout cela nous hypnotisait. Nous étions sous le choc, incapables de penser correctement. Nous avions tant coutume de voir ton père faire ce qui doit être fait, même quand c'est dur. Nous n'étions pas prêts à réaliser que, dans ce cas-ci, il avait complètement tort. Au contraire, il nous semblait voir une représentation du désordre en train de subir son juste châtiment. Les enfers chauds n'étant pas si loin, les courants d'air charriaient des cendres grasses et, dans le crépuscule, ton sang était d'un beau noir d'encre aux reflets rougeoyants, sur la neige déjà pailletée de cendres.

Tu serais mort saigné à blanc si la damnée ne t'avait pas ramassé, pour qu'ensuite on te cautérise tout ça et on te recouse un peu n'importe comment. Personne n'avait le cœur de fignoler un beau travail. On t'en voulait d'être né parmi nous, même si personne n'aurait eu le front de t'accuser de l'avoir fait exprès. Pourtant c'était le cas ; hier, tu nous as appris que ta naissance résultait d'un choix délibéré de ta part. Heureusement que tu n'en as pas parlé plus tôt : j'aurais eu envie de te tuer. Tu as détruit le monde où j'étais heureux. Je ne peux t'en blâmer : grâce à toi, j'ai découvert quelque chose de globalement meilleur, même si je m'y trouve perdant. Je ne serai pas fâché de partir pour voir s'il ne fait pas plus beau ailleurs.

Quand Taxiel eut fini de parler, il y eut un brouhaha dans la salle. Son attitude avait vraiment choqué certains autochtones : on n'aurait pas dû lui donner la parole. Sa glorification du travail de sbire, ses descriptions crues étaient un appel à la barbarie et un affront au bon sens. Rel tenta de calmer les esprits et remercia Taxiel. Ce dernier quitta néanmoins la salle. Il était contrarié d'avoir rompu sa réserve habituelle pour obéir à Rel, sans autre résultat que celui auquel il s'attendait : se trouver blâmé. Personne ne le suivit ; tous étaient curieux de ce que Rel trouverait à dire. Après tout, c'est lui qui avait insisté pour que le témoignage de Taxiel ait lieu.

Il ne s'étendit pas sur les différends entre autochtones et bourreaux, qui ne manquaient jamais de monter les esprits. Ce n'est pas aujourd'hui qu'on en viendrait à bout.

« Il s'agit de parler de mon enfance, déclara-t-il simplement. C'est le sujet qui nous réunit. Les faits que Taxiel a relatés sont exacts. Quant à son attitude, elle était générale à l'époque. Si vous ne faites pas l'effort d'essayer de la comprendre, vous ne saisirez pas non plus ce que j'ai à raconter. »

LES AILES COUPÉES :
LE COMMENTAIRE DE REL

Mes souvenirs dans le sein de ma mère, comme ceux de ma vie précédente, je les ai oubliés pendant longtemps. Ils ne m'ont pas hanté pendant ma petite enfance, sinon à mon insu. Je n'ai jamais raconté à mes parents ou à des compagnons de jeu que j'avais déjà su m'envoler, changer de forme et que j'avais habité un paradis.

Je suis né sans connaître la puissance de mon passé et de mon engagement, désorienté, recherchant la tendresse et la sécurité, somme toute comme la plupart des enfants. Malgré cela, j'ai toujours eu la mémoire longue. Je me souviens de ma naissance comme d'un moment extrêmement douloureux et terrifiant, mais qui présentait en même temps un défi exceptionnel. Ma gorge avait beau hurler de manière incontrôlable, je ressentais une jubilation certaine. Mes perceptions sensorielles étaient très différentes de ce qu'elles sont maintenant, je n'ai rien vu de ce que Taxiel vient de décrire. Par contre, j'ai tout senti, par la peau et avec le cœur. À son insu, mon père a permis que s'accomplisse un geste symbolique qui présageait de toute ma vie. Mon sang qui coulait rejoignait le cœur de la terre infernale et signait un pacte avec les damnés, ceux du feu et des cendres comme ceux de la glace.

J'avais la certitude d'être arrivé au bon endroit. Les mains glaciales de la damnée qui m'a ramassé dans la neige, cette sensation de bonté dans l'horreur, m'ont confirmé dans cette impression. À part elle, le reste du monde était empli de fous. Elle, je ne la reverrais jamais. Eux seraient désormais mes compagnons, les garants de l'isolement immense que l'on m'avait prédit.

Mon père m'a coupé les ailes à la naissance. Ce fut une humiliation, certes, par contre je ne peux pas lui en vouloir sur le fond. Auparavant, j'avais eu un corps très léger, aérien, facile à faire voler. Ici, grâce à mes parents, je suis né avec pour corps une sorte de char d'assaut à l'épreuve du temps. C'est un corps solide et massif, même si je suis un gringalet par rapport à l'Infernal de la rue. Des ailes, sur un corps si dense, n'auraient pu jouer qu'un rôle décoratif. Hors de question de s'envoler avec ça. Quant aux yeux dans le dos, mon père aurait tout aussi bien pu me les crever. Ça ne donne pas grand-chose quand on porte des vêtements. J'ai perdu l'habitude de me servir de ce regard de fantaisie. Des yeux dans le dos ? Pour le plaisir de me voir encore plus anormal ?

J'étais très préoccupé par mon corps, quand j'étais petit. Je me rendais compte qu'il embarrassait mes parents. Je les aimais bien, mon père et ma mère. Le conflit ouvert, c'est venu plus tard. Par contre, la peur et la honte sont arrivées tôt.

Fax, un jour tu m'as dit que j'étais l'ami des damnés, de ceux qui les aident ainsi que de leurs bourreaux. C'est tout à fait vrai. Je n'ai jamais pu prendre parti. J'ai besoin de partager le point de vue de tout le monde. Enfant, cette faculté me désorientait. Même si je vivais au palais, il m'arrivait de me promener, surtout avec Tiavé, la dame de compagnie de ma mère. Elle était gentille. Elle me frisait les cheveux jusqu'au jour où mon père lui a dit d'arrêter. Je crois qu'elle aurait préféré que je sois une fille. Quant à lui, il avait peut-être essayé de me castrer à ma naissance, mais il voulait à présent faire de moi un homme, un vrai. Tout se mélangeait dans ma tête. J'aurais voulu plaire à tous mes proches. Non seulement se contredisaient-ils entre eux mais, opposés à eux de manière fondamentale, dans le lointain se profilaient les damnés, hors d'atteinte, auxquels j'aurais voulu également faire plaisir. On me disait qu'ils étaient méchants et que, s'ils en étaient arrivés là, c'est qu'ils avaient causé beaucoup de mal. Cependant, j'avais la mémoire longue. Je n'avais pas oublié la damnée qui m'avait pris dans ses bras à ma naissance. Hommage à cette grande dame anonyme : je lui dois la vie.

Mon enfance me donne l'impression de nuages s'accumulant sur l'horizon pour le boucher de plus en plus. Mon désespoir s'approfondissait très lentement, les portes se fermaient autour de moi, inexorablement mais sans hâte, les unes après les autres. Je désappointais tout le monde, hormis peut-être Tiavé. Taxiel a eu le courage de le dire tout à l'heure : je n'étais pas l'un des leurs.

Et ça me faisait de la peine. Plus je grandissais, plus je sentais mon étrangeté. J'aurais voulu continuer ce que mon père avait dû interrompre, couper d'autres parties de mon corps, rogner, enlever ce qui n'était pas conforme, dans le corps et dans l'esprit, pour qu'enfin je ressemble à ceux qui m'entouraient. Mais c'était impossible. J'aurais bien pu trancher dans la chair, jamais je n'aurais réussi à entamer l'immensité de mon esprit, capable d'aimer n'importe quoi sans l'oublier ensuite.

J'avais honte de mon corps, j'avais peur des gens, des sbires surtout dont je percevais la cruauté. Comment me serait-il possible de leur faire plaisir sans faire du mal à d'autres ? Plus je grandissais, plus cette honte et cette peur devenaient omniprésentes. Mes parents s'entendaient de moins en moins bien et c'était de ma faute. J'avais bien quelques compagnons de jeu, uniquement parce que leurs parents craignaient mon père. Les enfers étaient un lieu de peur. Taxiel y trouvait peut-être son bonheur, moi pas. Pourtant je m'y savais à ma place. Au-delà des gens du palais, il y avait la terre infernale et les damnés que je chérissais de loin. Et les juges, qui allaient m'appeler.

Assez parlé pour aujourd'hui. Fax, tu n'as pas à me regarder comme ça : je ne suis pas mort, je n'ai pas tant souffert. À des degrés divers, nous sommes tous des exclus, ici. Allons rejoindre ceux qui sont dehors.

Troisième journée, la salle

Rel fit annoncer qu'il prendrait deux fois la parole au cours de la troisième journée : le matin et l'après-midi. Comme il aborderait des sujets moins durs que la veille, de nouveau tous étaient les bienvenus.

Dans la salle, chacun avait repris sa place. Taxiel avait l'air renfrogné. Au fond de la salle, un grand oiseau-bourreau regardait dans sa direction avec intérêt, encore sous l'emprise des visions sanglantes de son récit de la veille.

Fax jetait des coups d'œil à Lame et à Aube. Il avait passé la soirée précédente à jouer aux cartes avec elles, pour les dissuader de voir le vidéo du deuxième chapitre de l'histoire de Rel. Il se demandait si elles l'avaient regardé quand même, aux petites heures. N'avaient-elles pas les traits tirés ?

Derrière le siège de Rel, la tapisserie noire demeurait immobile, ce qui ne voulait pas dire que les juges étaient absents.

Avant de s'adresser à la salle, Rel contempla Lame, son épouse. Sa robe rouge sur laquelle ondulaient ses longs cheveux noirs évoquait le sang dans le crépuscule dont Taxiel avait parlé, le sang des ailes coupées. C'était peut-être pour cela que Rel avait toujours aimé qu'elle porte du rouge : cela lui rappelait son propre engagement envers les damnés.

Il redressa la taille et regarda Aube, sa fille, assise devant Taxiel avec sa grappe de damnés vautrés à terre. Aube était une jeune adulte au visage ovale et aux traits purs, presque trop simples. Puisque Rel l'avait engendrée en se fécondant lui-même, elle tenait essentiellement de lui. Comme elle était beaucoup plus jeune et que, contrairement à lui, elle avait eu une jeunesse sereine, leur quasi-gémellité ne paraissait vraiment pas au premier coup d'œil. Par contre, elle ressemblait beaucoup à la mère de Rel, la princesse sargade égarée aux enfers. Il évoqua son souvenir.

LA FEMME DE JADE

Ma mère, la reine des enfers, était très belle quand j'étais jeune. Si elle m'aimait, elle ne le montrait pas ouvertement. Elle ne l'osait pas, de peur de déplaire à son terrifiant époux. Ma mère était dépourvue d'audace. C'est peut-être pour cela que les Sargades n'avaient pas cherché à la retenir : elle avait peu pour plaire, selon leurs critères. Nous avions cela en commun.

Ma mère n'osait pas être intelligente. On devinait qu'elle avait un cœur, on supposait qu'elle avait une opinion, mais rien de cela ne se manifestait. C'était une personne étrange, pas dans le mauvais sens du terme. Ne demandant rien, elle passait sa vie dans l'indolence, sans amis ni ennemis. Elle ne pouvait s'empêcher d'être splendide : magnifiques cheveux d'un blond cendré, grands yeux gris, cou gracieux. Sans y travailler, elle se révélait la plus élégante de toutes. Rien ne pouvait l'atteindre, elle vivait au loin, en retrait, comme si sa propre beauté lui avait jeté un sort qui la protégeait en la tenant captive, ne se risquant à parler au reste du monde que si elle y était forcée.

J'aurais voulu lui plaire plus qu'à quiconque.
Elle était pour moi une dame de jade, dont la vie
palpite loin au cœur de la pierre, hors d'atteinte.
J'aurais aimé la conquérir. Que je sois parvenu à
naître d'elle est en soi une conquête : moi seul, j'ai
vécu dans la profondeur de ses coraux intimes.
Pour cela, elle ne me considérait sans doute pas
comme différent d'elle. N'étais-je pas une ex-
croissance, captive aussi, dont on avait rompu les
ailes avant même qu'elles puissent se déployer ?
Sans doute supposait-elle qu'à mon tour je croî-
trais en splendeur et en indolence, abandonné aux
bons soins de Tiavé.

Elle souriait toujours un peu. Quand je pense
que, quinze cents ans plus tard, j'ai mené à la
mort une créature aussi conciliante, aussi surhu-
mainement tolérante ! J'aurais pu faire en sorte
qu'elle soit épargnée dans le tumulte qui a mené
à la création des nouveaux enfers. Par contre, je
demeurais persuadé que le rituel de changement
de règne devait se jouer selon ses règles les plus
strictes donc les plus cruelles, que toute improvi-
sation de ma part risquait de faire échouer l'immense projet qui était le but même de ma vie.
Quand je l'ai menée à la mort en même temps
que mon père, elle était folle depuis longtemps.
Elle s'est laissé conduire, demeurant sans révolte
jusqu'au bout. Impossible de savoir de quoi elle
se rendait compte. Impossible de ne pas sentir sa
douceur sans faille.

Impossible aussi de ne pas lui en vouloir
d'avoir été si stupide. Ce n'était pas un manque
d'intelligence de sa part. C'était un choix. Mon

accusation n'est pas gratuite, mais je préfère ne pas en dire plus.

Ma véritable mère, en pratique, fut sa servante Tiavé. Plus typiquement sargade que la reine, elle ne manquait ni d'audace ni de ressources. Loyale à ma mère, elle le fut certes pendant toute sa courte vie, mais envers moi elle fut plus que loyale. Elle m'a appris à parler. Elle m'a appris à lire. La première, elle se rendit compte à quel point j'étais différent, non seulement dans mon corps mais dans mon esprit. Je ne lui faisais pas horreur. Elle m'acceptait tel quel et me chérissait. Sans exagérer, je lui dois la vie. Au mépris des convenances, elle fit de moi un détenteur des secrets de sa propre famille, rendant possible ma découverte de la liberté. Elle a trahi les siens pour que je puisse m'enfuir, connaître le répit qui m'avait été prédit dans ma vie précédente, vivre à l'extérieur et dans son océan pour moi plus maternel qu'un jade vivant.

Avant d'en arriver là, il fallait que je connaisse la claustrophobie de son pays natal. Peut-être devrais-je demander aux Sargades ici présents de quitter la salle, ou tout au moins de contenir leur indignation à mon égard. Je prends la parole afin de laisser un témoignage de mon expérience. Il faut que j'abandonne la diplomatie et la mesure, pour que s'exprime la voix toute subjective de mes souvenirs d'enfance. Déjà, Sargades, vous ne me portez pas dans votre cœur ; je vous remercie d'autant plus vivement de vous être déplacés pour m'entendre. La vision que j'ai eue, enfant, de votre pays ne me rendra sans doute pas plus sympathique à vos yeux. Mais je ne peux la changer pour ménager des sensibilités.

Je suis l'un des derniers à avoir connu le pays sargade au temps légendaire où des bois s'élevaient parmi les marécages. Pendant mon enfance, j'accompagnais ma mère et Tiavé lors de séjours annuels au château ancestral, dans une profonde forêt éclairée de prairies verdoyantes. Ce riant paysage m'effrayait.

J'avais l'habitude des brasiers et des tourbillons de fumée, des glaces et des forteresses de pierre noire d'Arxann et des environs. J'avais coutume de ne pas avoir le choix du paysage. Ici, au contraire, les Sargades artistes avaient minutieusement modelé leur environnement pour qu'il soit gracieux, agréable. La nature entière se pliait à leurs vœux. Je trouvais cela intenable. Les arbres recensés et soigneusement taillés, les plates-bandes entretenues, les pigeons apprivoisés, tout cela avait des répercussions sur l'enfant que j'étais. Je me percevais modelable, éducable, susceptible d'avoir le tempérament façonné par ces gens astucieux et perspicaces. La brutalité de mon père me paraissait autrement plus facile à contourner que cette sagacité à toute épreuve qui perçait mes défenses. Eux voulaient mieux me connaître pour mieux m'aimer, sans doute, mais aussi pour me rendre conforme à une image. Elle n'était ni horrible, ni stupide, cette image. Simplement, elle ne correspondait pas à celui que j'allais devenir.

Une fois par année, environ, ma mère et Tiavé rentraient au pays sargade et je les accompagnais. Le départ et le retour étaient délicats. Pas plus dans

une direction que dans l'autre, il ne fallait montrer
que nous étions contents de partir. Impassible, le
cortège royal quittait Arxann et, le lendemain, fran-
chissait les portes complexes et mystérieuses qui
s'ouvraient sur le verdoyant pays de ma mère. Le
pays sargade était inculte et désert à ses abords,
sans toutefois être sauvage. Il s'en dégageait une
impression spacieuse et insouciante de monde en
formation. En comparaison, les enfers d'où nous
arrivions étaient surpeuplés de damnés, débordants
d'activités barbares, animés d'une vie douloureuse
et palpitante. De mes yeux qui ne cillaient pas je
regardais la route, devinant sans les observer les
tourments d'un côté puis les landes fraîches de
l'autre. J'étais le futur seigneur des enfers tout en
étant le descendant des sargades raffinés ; cela
m'entourait d'une aura sombre et hiératique qui
ne me déplaisait pas. Souvent, le trajet se faisait à
cheval. Dès que j'en eus l'âge, je montai le cheval
que mon père m'avait donné, une jument noire,
immense et magnifique, tout en étant très douce.
Nous changions de monture à la frontière, bien
sûr : essayez de faire entrer un cheval dans une de
ces portes ! Se laisser désintégrer, puis réintégrer
– il y a des limites au dressage !

De l'autre côté, les chevaux sargades nous
attendaient, rouges ou jaunes – excusez-moi, bais
ou isabelle. L'apparence de ceux que nous mon-
tions n'indiquait pas notre rang. Ils étaient de
simples moyens de transport, fournis par nos
hôtes. Ils nous menaient des terres désolées de
l'entrée aux forêts secrètement peuplées du centre
où, pour une chaumière faisant luire ses petites

fenêtres dans le sous-bois, il y en avait combien d'autres, obscures, d'où l'on nous regardait passer. Il nous arrivait d'arriver en pleine nuit à la demeure ancestrale. Le crépuscule de ce monde semblait hanté non par des forces malveillantes et invisibles, mais par des présences intelligentes et curieuses. J'interrogeais mes oncles et mes tantes avant d'aller dormir ; il leur était naturel de savoir combien de glycines s'ouvriraient le lendemain, quels étaient les nouveaux livres à la bibliothèque, comment nous nous y prendrions pour réparer ma toupie cassée. Les gens de la famille de ma mère avaient un sens aigu de l'observation. Chaque question que je leur posais les renseignait un peu plus sur moi.

Frappé par le contraste entre leur attitude et celle, toute en passivité indolente, de ma mère, je croyais qu'elle les avait quittés autrefois parce qu'elle était trop différente d'eux. Cependant, on me parla de sa jeunesse ; je dus me rendre compte que son comportement actuel n'était pas inné. L'avait-elle adopté pour se démarquer d'eux ? Dans quel but ? En leur présence, elle ne se départissait nullement de sa mélancolie souriante. Ils ne s'occupaient pas tellement d'elle et elle le leur rendait bien. Lors de nos visites, j'étais le centre de l'attention.

Heureusement, j'avais bien des cousins et cousines, dont plusieurs étaient mes aînés. J'étais loin d'être le seul descendant même si j'étais, évidemment, le plus bizarre. Étais-je destiné à trahir les valeurs avec lesquelles on me familiarisait pendant ces vacances, ou au contraire à m'intégrer ?

J'aurais été bien en peine de répondre. Je voulais plaire aux Sargades, à eux comme à n'importe qui. Par contre, mon corps faisait problème, sans parler de mon père. Ils ne voulaient pas qu'on leur parle d'Arxann. Ils me montraient leurs terres et leur pays pour me convaincre que mes ascendants sargades avaient plus de valeur que les autres. Ils avaient raison, d'une certaine façon. Mais ça leur donnait quoi ? Voulaient-ils faire de moi un perpétuel insatisfait ? Ils ne m'accepteraient jamais comme un des leurs. Et puis, eux aussi avaient des juges dans leur arrière-cour.

Cela dit, la résidence ancestrale était très belle. C'était un vrai plaisir de courir dans les corridors et de jouer dans les escaliers, ce qui m'était interdit au palais d'Arxann. La nourriture était de première classe, les livres aussi. La forêt environnante, les prairies, tout cela rayonnait d'un charme inégalable, qui n'est plus tellement accessible puisque tout cela est disparu avec l'aménagement des enfers froids sur le territoire.

Cet aménagement a bien sûr eu lieu par ma volonté. C'est à cette décision que je dois d'être vu comme un ennemi par vous, Sargades actuels ici présents. Mais cette décision n'est pas uniquement la mienne. Non que je veuille me cacher derrière les juges du destin ou derrière le gouvernement sargade qui l'a approuvée. En un certain sens, ce que je vais affirmer est pire. Voici : quand je passais mes vacances d'enfant là-bas, dans la famille de ma mère, je sentais le froid s'en venir. La beauté mesurée et intellectuelle qui m'entourait avait des allures décadentes, tandis que la barbarie des enfers usés et surpeuplés s'étendait jusqu'aux abords des portes. La transition que j'allais incarner n'était pas mon invention pure et simple, sinon elle n'aurait pas eu lieu.

Mais pendant ces vacances, la plupart du temps Tiavé n'était pas avec nous. Elle habitait dans sa propre famille, au village voisin, si bien que je la voyais souvent malgré tout. Chaque année, j'étais plus grand, le village me semblait plus étroit et Tiavé plus vieille. Aux enfers, je ne remarquais pas son âge ; par contre, quand elle était chez les siens, je la voyais voûtée parmi ceux qui se tenaient droits. Elle avait une vie de courte durée, comme la majorité des Sargades.

Plus je grandissais, plus j'avais d'autonomie. Ici, on me laissait aller et venir comme les autres jeunes de mon âge. En particulier, on acceptait que je prenne un ou deux repas dans la famille de Tiavé au cours des vacances. Ses frères étaient joailliers.

L'atmosphère était bien différente que dans la famille de ma mère, d'où étaient issus des hommes d'État, des juristes et des érudits. Chez Tiavé, il y avait un atelier, un de ces multiples ateliers auxquels les artistes sargades doivent leur réputation. C'était un lieu magique. J'y aurais passé des heures. Il y avait des pierres, des métaux, des creusets, des moules, des pinces, des limes, des étaux. La guilde des joailliers était puissante et commerçait avec certains mondes extérieurs, même à l'époque. On m'a parfois demandé de sortir de l'atelier pour que je ne sois pas témoin d'une phase cruciale de la fabrication d'une pièce délicate. On a déjà refusé de me dire la provenance d'une pierre que j'admirais. Il y avait des secrets, gardés dans les familles et dans les associations d'artisans.

Justement, un jour Tiavé m'a emmené faire une promenade dans les bois avoisinants. Nous avons quitté le village alors qu'elle était d'humeur joyeuse. Mais ce n'était qu'une façade. Une fois en forêt, elle est devenue plus grave. Nous marchions lentement parce qu'elle ne pouvait plus aller vite. Elle me disait de noter où nous passions et de revenir plus tard seul pour bien apprendre le chemin. Elle ajouta de garder le secret. Nous nous sommes enfoncés sous les arbres, dans un fouillis inextricable, sauf pour un minuscule sentier. Au-dessus de nos têtes, il n'y avait qu'une voûte sombre de branches mortes et vivantes. À nos pieds, des ruisseaux coulaient dans la mousse. Finalement, nous sommes arrivés à une borne ancienne, à partir de laquelle une petite piste pavée s'enfonçait plus loin.

—J'arrête ici, déclara Tiavé. Le reste, tu le feras tout seul.

—Ça mène où?

—À la porte des marchands. Mes frères et leurs collègues vont de l'autre côté chercher des pierres, des minerais, faire un peu de commerce. Là-bas, d'après ce que j'ai entendu, tu pourrais sinon te plaire, à tout le moins te cacher. J'ai décidé de te donner le code d'accès.

Elle me le fit répéter plusieurs fois et m'expliqua en quelles saisons la porte était peu utilisée. Tiavé ne l'avait jamais franchie, cependant elle savait comment la faire fonctionner et ce qu'il y avait de l'autre côté. Elle me demanda de lui répéter également ces renseignements.

—Il est temps de rentrer, déclara-t-elle ensuite. Je ne te parlerai plus jamais de ce que je viens de te dire. C'est ce que je possède de plus précieux, mon secret de famille. Je te le confie parce que tu es un peu mon enfant. Dans mon testament, tu apparais comme l'un de mes héritiers. Ainsi, nul ne pourra te reprocher de savoir te servir de la porte. Tu seras peut-être bientôt menacé par ton père, qui veut que tu deviennes comme lui. Souviens-toi alors de ce que je viens de t'apprendre. C'est ce que je peux encore t'offrir comme protection.

Nous sommes rentrés séparément. J'ai suivi ses recommandations, m'exerçant discrètement à suivre le sentier dans la forêt, puis la piste, jusqu'à la porte verte qui se trouvait au bout, dans la falaise du bord du monde. Nul ne se doutait de rien : j'avais depuis longtemps l'habitude d'aller seul en forêt. Tiavé est morte cette année-là. Puis l'enfer s'est déchaîné autour de moi, comme elle l'avait prévu.

Arrêtons-nous ici : l'épisode suivant, on ne s'y attaquera pas le ventre creux.

Pendant la pause du repas de midi, Rel reçut dans sa suite les représentants de l'ancien pays sargade, autrement dit des enfers froids actuels. Accompagnés de leurs grappes de damnés, ils gardaient malgré tout fière allure. Leur mode, ces jours-ci, était aux vêtements de drap épais aux teintes discrètes, gris ou beige, à la coupe ample, et aux coiffes et chapeaux élaborés, d'où s'échappaient des chevelures souvent bouclées. Les bottes imperméables, adaptées au sol couvert de neige ou de boue, étaient ici impeccables, avec leurs fermoirs brillants et leurs épaisses semelles. Il émanait de leur troupe une impression de morgue et d'intelligence. Agressifs parfois, leur style n'était pas celui du sbire bruyant mais du vengeur qui prend son ennemi en embuscade et s'enfuit sans laisser de trace. S'ils avaient voulu éliminer Rel, ils l'auraient fait depuis longtemps.

Depuis qu'ils vivaient entourés de damnés, à l'extérieur de leurs buildings la plupart du temps, ils retrouvaient le style des anciens Sargades, dont ils avaient récemment repris le nom. C'était en quelque sorte bon signe : il ne se laissaient pas abattre par l'adversité.

Aube était avec eux, mais vers l'arrière, ne cherchant ni à se cacher ni à attirer l'attention. Elle ne détonnait pas dans l'ensemble, s'y intégrant plutôt, ce qui plut à Rel. Le génie inventif des Sargades avait pu surmonter l'épreuve de se voir infliger la compagnie constante de damnés, d'Aube par-dessus le marché en tant que représentante des juges. À présent, ils construisaient des labyrinthes et des châteaux parmi les glaces, mêlant les damnés à leurs activités. Ils avaient fini par accepter de voir en eux des partenaires plutôt que des intrus, adaptant leur mode de vie en conséquence, ce qui semblait diminuer leur aigreur au profit de leur ingéniosité.

Rel s'attendait tout de même à se faire critiquer pour ce qu'il avait dit. Ils avaient la fibre patriotique assez développée. Qu'il ait pu être mêlé à la décision de transformer le beau pays de leurs ancêtres en désert glacé, ils ne le lui pardonnaient pas. Qu'il leur serve un témoignage de première main sur la petite histoire des manoirs de l'époque, alors qu'eux-mêmes étaient nés plus tard, cela pouvait aisément paraître du persiflage. La dernière fois qu'il avait fait face aux Sargades, lors de la nomination d'Aube, Rel s'était fait huer. Il tenait à être disponible pour eux aujourd'hui : si leur rancœur avait de nouveau besoin de s'épancher, autant que cela ne traîne pas.

Il fut extrêmement surpris, après un silence embarrassé, d'entendre l'un d'eux lui demander :

—Comme ça, vous retournez au pays de votre jeunesse ?

Il n'y avait aucun ressentiment dans cette voix. Décontenancé, Rel se sentit plongé dans son passé, en train de discuter avec l'un de ses oncles. Il se ressaisit. Supposant que son interlocuteur était aussi perspicace que les gens de sa famille, il demanda en retour :

—Croyez-vous qu'on puisse atteindre un rêve par l'intellect ?

—Parfois, oui.

—C'est ce que j'ai fait dans ma jeunesse pour parvenir jusqu'au monde de mes rêves, de l'autre côté de la porte verte : il m'a fallu traverser votre monde si intellectuel et me montrer encore plus futé que vous. La porte verte a été déconnectée. Je dois prendre un moyen plus direct, passer par chez moi, prendre la porte d'Arxann. Ce qui revient à traverser mes propres cauchemars pour arriver au rêve.

—À l'âge mûr conviennent les moyens puissants.

—Cependant, je crains le pire. Actuellement, de l'autre côté de la porte d'Arxann, il y a la guerre. Le pays de ma jeunesse a pu disparaître aussi complètement que celui de vos ancêtres.

—Cela reste à voir. Nous sommes curieux de savoir ce que vous trouverez. La porte verte a été fermée dans un passé pour nous encore récent, celui de l'établissement des enfers froids chez nous. Nous ne dédaignerions pas de rétablir des liens avec ces gens-là.

—Si j'étais en effet convaincu que plus rien n'en subsiste, j'abandonnerais le projet. Le cas échéant, je vous rejoindrai dans la confrérie des gens qui ont la nostalgie du révolu.

—Vous en guérirez, comme nous sommes en train de le faire.

—J'ai une dette envers vos ancêtres. Ils auraient pu trahir ma fuite auprès de mon père. Ils se sont tus assez longtemps pour que je vive ce que j'avais à vivre dans le monde d'à côté. Si j'y trouve quelque chose de bon, j'aimerais que tous en profitent, mais plus particulièrement vous les Sargades, à cause de cette ancienne dette.

—Nous n'en doutons pas.

—Votre attitude bienveillante m'étonne un peu, je l'avoue. Dois-je comprendre que votre colère à mon égard commence à s'apaiser?

À cette question, les Sargades refusèrent de répondre. Souriant sous leurs chapeaux, ils quittèrent la salle en faisant claquer leurs bottes, accompagnés de leurs grappes rampantes de damnés au rire niais.

Lame les vit passer. Certains la saluèrent, sachant de toute évidence qui elle était. Songeuse, elle leur rendit leur salut. Il lui semblait y avoir dénoté une nuance de moquerie. Ils lui rappelaient son ami le peintre Séril Daha, qui avait été l'un des leurs. Sauf que ses assassins Sargades couraient encore, ce qui semblait ne déranger personne.

Peu après, Rel retrouvait tout le monde dans la salle pour son deuxième récit de la journée. Pour en finir au plus tôt, il raconta ses malheurs passés comme s'ils étaient arrivés à quelqu'un d'autre.

Dans l'antre

Tiavé est morte. Rel s'est retrouvé sans protectrice. Il était à peine adolescent, âgé de trois siècles et demi. Comme tous les êtres dotés d'une très longue vie, même si son apparence et son comportement étaient jeunes, il savait déjà beaucoup de choses, au moins théoriquement. Par contre, il ne connaissait pas vraiment la peur.

Sa mère était de plus en plus distraite et perdue. Son père le détestait chaque jour davantage. Il l'avait présenté aux juges du destin, en espérant qu'ils le trouveraient inapte à lui succéder. Au contraire. Ils avaient muni le prince héritier de tous les implants distinctifs des souverains infernaux. Du jour au lendemain, Rel avait accès à tous les dossiers et pouvait se déplacer par tout le territoire. Il se mit à passer ses journées à étudier les codes et les configurations qui ouvraient les portes et permettaient la communication avec d'autres mondes. Même si son père tâchait de le confiner au palais, il était impossible à contenir.

Une confrontation se préparait. Rel la retardait le plus possible. Les sbires, loyaux à son père, le méprisaient. Les robots étaient impénétrables. Les juges du destin ne l'attiraient pas outre mesure. Il essayait de ne pas contrarier son père, mais celui-ci le poussait dans la direction où il ne voulait pas aller, celle de la violence. À son âge, son père n'avait eu que la moitié des implants de Rel, pourtant il avait su embrocher les damnés. Il aurait voulu que Rel commence au bas de l'échelle, comme lui, qu'il soit respecté parce qu'il saurait faire la plupart des tâches de ceux qu'il dirigerait. Rel s'y opposait avec la dernière énergie. Il était né avec la non-violence dans le sang. Les souvenirs de sa vie précédente, où il avait transformé des rentiers en monstres sanguinolents, commençaient à pointer, le dégoûtant encore plus de ce genre d'activité. Il était strictement hors de question qu'il s'y adonne. Par contre, ses motifs n'étaient pas clairs à ses propres yeux.

Son père le fit examiner par son arsenal de scientifiques, car, perspicace à sa manière, il se demandait si Rel n'était pas sous l'emprise d'un conditionnement. Il voulait qu'on lui fasse avouer qui il servait et quels étaient ses plans. En pure perte. Rel pouvait raconter n'importe quoi, il ne savait pas qui auraient été ses maîtres, à supposer qu'il en eût. Pour le reste, à part son intelligence et sa mémoire remarquables, ses réactions étaient normales pour un jeune de son âge. Il ne dissimulait rien de ce qu'on cherchait en lui.

Bien sûr, chaque soir il se répétait le code de la porte verte et il lui arrivait d'avoir des rêves de paradis où il pouvait s'envoler. Mais l'interrogatoire ne portait pas sur ces sujets.

Finalement convaincu qu'il n'y avait rien à en tirer, le roi Har changea de comportement. Il était obscurément jaloux de Rel, ce blanc-bec intellectuel qui avait la prétention de diriger un jour le royaume sans se salir les mains. Il lui retira son cheval et le donna à un de ses officiers. Il prit l'habitude de le frapper, parfois en public. Il n'osait pas le faire disparaître, à cause des juges. Par contre, il le méprisait ouvertement et se disait le plus malheureux des hommes, puisqu'il avait pour unique enfant cette femmelette incapable. Vers quatre cents ans, quand vint la puberté et que Rel se trouva encore plus gauche qu'avant, des hormones contradictoires se déchaînant dans son organisme, la rage de son père à son égard empira. Encore confiant jusqu'à un certain point, Rel aurait bien voulu pouvoir lui plaire. Le seul moyen d'y parvenir encore était d'être son souffre-douleur. Il devint prisonnier de cette abominable stratégie.

Graduellement, son univers se transforma en un univers de terreur. La guerre entre son père et lui l'usait, le minait. Il ne savait même plus s'il méritait de s'en sortir, à tel point son estime de lui-même était détruite. Tout devenait pour lui étroit, laid, sans fin. Il lui semblait vivre ses journées les yeux écarquillés de peur. Plus rien ne l'intéressait, il vivait dans l'attente et dans la crainte du moment où, de nouveau, les coups et les insultes pleuvraient sur lui. Le reste du monde était formé de gens qui riaient de lui et lui étaient tellement supérieurs. Même si, de temps en temps, il s'échappait du palais et poussait une pointe aux enfers chauds voisins, là aussi les damnés, au corps inusable en train de rôtir, lui renvoyaient de lui-même l'image d'une mauviette. Il aurait voulu pouvoir sauter les rejoindre dans les puits de flammes. Il s'y essaya même, mais les flammes ne le brûlaient pas, lui, puisqu'il n'était pas damné. Il réussit tout au plus à gâcher ses habits et rentra, encore plus ridicule qu'à l'accoutumée, au palais.

Il prit l'habitude de se terrer dans un coin de sa chambre, recroquevillé, souhaitant vaguement mourir. Il ne cherchait ni à attirer l'attention, ni à obtenir du secours. Il avait l'impression de mériter ce qui lui arrivait. Ses tourments avaient quelque chose de répétitif mais d'épouvantable. Il songeait de moins en moins à s'en aller. Son imagination l'avait abandonné. Complètement résigné, il savait qu'il en aurait pour longtemps à ne même plus oser soigner ses contusions ou se laver convenablement. Il ne comprenait plus rien. Ses forces le quittaient. Sa vie lui paraissait une absurdité de plus dans un monde qui ne rimait à rien. S'il considérait ses implants au bras gauche, c'est que les coups de son père les avaient fait à moitié sortir de sa peau et que certains d'entre eux s'étaient cassés dans la chair, émettant des signaux de détresse détraqués, auxquels personne ne faisait attention, sauf lui. Il aurait bien voulu qu'ils s'arrêtent : ils l'obligeaient à se souvenir qu'il avait déjà été quelqu'un de bien.

Sa mère, qu'il ne voyait presque plus, fit un beau jour irruption dans son monde de désespoir et annonça que c'était le temps des vacances.

Il y avait un bon siècle et demi que Tiavé était morte ; depuis lors, ils n'étaient jamais retournés chez les Sargades. Rel dévisagea sa mère d'un air ahuri. Elle semblait s'attendre à ce qu'il l'accompagne.

Rétrospectivement, il déduisit qu'elle avait dû finir par se rendre compte de son état et voulait le protéger en l'emmenant loin de son père. Sur le coup, ce n'était pas évident, car elle semblait aussi peu lucide que d'habitude.

Sans aucun bagage, dépeignés, comme deux automates, ils montèrent dans un carrosse et, deux nuits plus tard, sans que nul les en empêche, ils arrivaient à la demeure ancestrale au milieu de la forêt. Le roi Har, de toute évidence, ne se souciait plus de son image dans la famille de la reine. Tant pis pour leurs plaies, leurs bosses ou leurs radotages, il avait laissé partir son épouse et son fils pour ne plus avoir à souffrir leur présence pendant quelque temps.

Dès son arrivée, ayant honte de son apparence et de son être tout entier, redoutant toute conversation avec les gens de la maison, Rel prétexta la fatigue et alla se coucher.

Cependant, aussitôt seul, mû par un instinct de survie à la limite de la raison, il quitta sa chambre, puis la résidence, sans être vu. Faisant un grand détour dans la forêt, pataugeant dans les ruisseaux pour égarer ceux qui le suivraient à la piste, il se dirigea vers la porte verte, son seul salut.

Fugitif, il émergea de la forêt pour arriver au bout de la piste que Tiavé lui avait montrée, au mur de béton qui soutenait la voûte du monde des Sargades. Dans le clair-obscur d'un jour mal assuré, la porte verte était droit devant. Les implants de Rel fonctionnaient encore assez bien pour qu'il puisse l'ouvrir, actionner la lumière à l'intérieur du sas, puis le mécanisme de fermeture au monde qu'il laissait derrière lui. Les mains moites, il en arriva au moment crucial : il tapa enfin sur un clavier le code très complexe, étrangement rythmé, qu'il se répétait chaque soir. Depuis le temps, on aurait pu le changer. Il supposait que ça ne donnerait rien, sa raison lui demandait de se préparer à l'échec. Mais ses rêves l'attendaient de l'autre côté.

Le mécanisme se mit en marche. Un nouveau jour se leva devant l'autre porte, éblouissant, terrible. Il s'évanouit presque. Il ne reculerait pas.

Son récit terminé, Rel ramena son attention à la salle où il était. Voilà, c'était fait. La partie la plus éprouvante de sa vie, il l'avait enfin évoquée.

Tous les regards étaient sur lui. Il lui fallait trouver un moyen de conclure, de dénouer l'angoisse qu'il avait évoquée. Pourtant, il n'en voyait pas. Au contraire, il se sentait pris dans ses souvenirs, de plus en plus monstrueux. Il avait volontairement été succinct, pour ne pas s'empêtrer dans la glu des cauchemars, mais celle-ci le submergeait maintenant malgré tout. Les images les plus terribles lui remontaient en mémoire et le secouaient comme des rafales. De nouveau, sa vie se réduisait à ces quelques années d'humiliation constante, comme si sa vie depuis lors n'avait été qu'un répit frauduleusement arraché au temps.

Il ne voulait pas que cela se voie. Il fallait qu'il demeure un point de référence stable pour tous ceux, si fragiles, qui l'écoutaient. Avant de commencer son récit, il s'était attendu à pouvoir trouver, sous l'inspiration du moment, le trait d'humour ou la remarque qui détendrait l'atmosphère. Rien de tel ne se produisait. Son angoisse était sans doute fort perceptible. Crispé, silencieux, il oscillait entre la terreur et la contrariété.

Devant son trouble, Taxiel se leva. Pour lui permettre de se ressaisir, s'adressant à tous il déclara:

—C'est comme il l'a dit. Il n'a rien exagéré. J'étais là. À cette époque lointaine, personne n'avait confiance en Rel. Nous le regardions comme s'il avait la peste. Il avait bien quelques camarades de jeu, pour la forme, qui pouvaient se transformer en espions n'importe quand. Il était complètement isolé, brutalisé sans que nul ne lui manifeste de sympathie. Pourtant...

Ici Taxiel se tourna vers Rel et attendit qu'il le regarde. Ils se dévisagèrent, les deux aînés de la salle, chacun s'efforçant de vaincre ses fantômes.

—Pourtant, reprit Taxiel, tu n'avais rien fait de mal, Rel. Nous avions tort. Tu n'as rien à te reprocher. Je t'offre nos excuses, au nom de tous ceux qui ne sont plus là pour le faire.

Rel hocha la tête en signe d'assentiment. Il demeura silencieux un long moment, toujours incapable de trouver quoi dire, de nouveau submergé par l'horreur. Puis, percevant sur sa gauche le regard inquiet de Fax, sans ajouter un mot il se leva. Tandis qu'il remontait l'allée, tous purent se rendre compte qu'il tremblait. Il leva les bras d'un court geste agacé, pour indiquer qu'il n'y pouvait rien. Il atteignit ainsi, sans l'avoir prévu, le résultat qu'il escomptait : tous saisirent que, dans le fond, il n'était pas si ébranlé que cela.

Il se retrouva dans sa chambre, en train de siroter un verre de vin avec Fax, Taxiel et Lame. Encore secoué, il voyait son attention partagée entre ses souvenirs et la présence chaleureuse de ses compagnons.

—J'ai eu peur que tu fasses une rechute, avoua Fax. Fais attention.

C'est lui qui avait été au chevet de Rel, quand il avait été malade, un an plus tôt. Le vieux Taxiel, par contre, qui si souvent avait protégé Rel, voulait maintenant lui imposer des aveux de plus. D'une voix embarrassée, il formula sa requête :

—Il est pour moi clair que, tout à l'heure, tu n'as pas tout dit. Tu fais bien de ménager les autres. Mais nous trois, ici, nous partons avec toi. N'aurais-tu pas intérêt à ce que nous connaissions ton histoire au complet ? Pour ma part, je n'en sais pas plus que ce que tu viens d'évoquer. C'est ton attitude, et non ma connaissance d'autres faits, qui m'incite à croire que tu as omis quelque chose. Si tu me le demandes, je garderai le secret sur ce que tu me confieras.

—Vous aussi ? demanda Rel à Lame et à Fax.

Ils firent signe que oui.

—Bon, fit Rel en prenant une gorgée de vin rouge. Après tout, mon idée première était en effet de tout dire. Sauf que, une fois sur place, je me rends compte que je ne peux pas être trop cru. Partager des souvenirs, ça ne se fait pas au prix de donner des cauchemars à tout le monde : la vie est déjà assez dure. Vous, par contre, vous êtes forts. En plus, c'est vrai, il vaut mieux que vous sachiez tout.

De nouveau il garda le silence. Il était en train de se décider à poursuivre. Une atmosphère de cauchemar se dégageait de sa réflexion, comme si en lui coexistaient tant de générosité et tant de perversion assumée que les enfers n'avaient qu'à bien se tenir devant une expérience de vie si riche et si scandaleusement ambiguë.

—Eh bien, déclara-t-il brusquement, il y avait un aspect sexuel à la relation entre mon père et moi. Il y avait de la haine, mais aussi du désir. De part et d'autre.

Taxiel s'enfouit la tête dans les mains. Une chose pareille, s'il l'avait seulement soupçonnée, il n'aurait certainement jamais cherché à l'évoquer. Des pans entiers de son passé devraient recevoir une interprétation différente, qui, plus que jamais, ferait de lui le complice d'actes qu'il avait toujours jugés inadmissibles.

Lame soupira. Contrairement à Taxiel, elle n'était nullement surprise, pour avoir partagé la vie de Rel pendant des siècles. Il avait été si fermé sur son passé qu'elle s'était douté du pire depuis longtemps.

Fax chercha quelque chose de constructif à dire :

—Ce n'était pas de ta faute pour autant.

—Facile à dire.

Lame se leva, s'approcha de Rel et lui prit les épaules :

—En tout cas, c'est fini.

Cette affirmation n'eut pas l'effet qu'elle aurait voulu. Les yeux grands ouverts, Rel la regarda, tout en revivant la sensation d'être violé. C'était insoutenable. Pour s'en désengager, incapable de faire un récit cohérent, il se leva, mima ce qui s'était passé la première fois, accompagnant ses gestes de courtes explications.

—Il y en avait plein, dit-il pour conclure.

Il faisait allusion au sperme dans sa bouche.

Quand il eut fini de tout raconter, Lame le prit dans ses bras. Il y ferma les yeux.

Tous les quatre passèrent la nuit dans cette chambre-là. Ce récit horrible les unissait. Ils n'avaient pas envie de se séparer tout de suite, de faire comme si de rien n'était.

À la fin de la nuit, Rel se leva. Les trois autres le suivirent dehors.

—Qu'est-ce qu'on fait ? demanda Lame.

—J'ai autre chose à vous montrer. Vous le verrez mieux près des flammes. Et puis, j'ai besoin de me changer les idées.

Les nouveaux enfers chauds étaient divisés en deux : les terrains utilisés pour la réhabilitation et l'administration, et les puits de flammes. La rencontre avait lieu dans une sorte de centre des congrès, faisant partie des bâtiments administratifs.

Pas loin de là, en bas des escaliers, les enfers chauds proprement dits commençaient, s'étendant jusqu'au bout du monde. Lors de son séjour précédent, Lame n'était pas allée voir le spectacle éprouvant des damnés tournant dans les flammes. Jadis, elle avait assez fréquenté la partie équivalente des anciens enfers, où son amant d'alors, Vaste, avait purgé une peine. Cette expérience lui avait suffi. Ce n'est pas de gaieté de cœur, mais pour accompagner Rel, qu'elle descendit les gradins couverts de graisse et de jus de cuisson de damnés.

Rel montra ses tatouages imposants au robot de service, qui le laissa pénétrer dans la zone infernale avec ses compagnons. Ils marchèrent assez longtemps sur un trottoir étroit, entourés de damnés en train de brûler en tournoyant dans des puits de flammes et d'huile. Ces damnés étaient muets, sinon on ne se serait pas entendus. Ils ne pouvaient pas quitter leur puits, bien sûr, mais certains étaient encore capables de s'y tordre de douleur. Plus Rel et ses compagnons s'enfonçaient dans ces lieux de tourments, plus les flammes étaient violentes. Elles ne les brûlaient pas, eux, puisqu'ils n'étaient pas en train de subir une peine. Tout ce qu'ils sentaient, c'était un vent chaud. Quand ces flammes furent d'un jaune très clair, s'élevant au-dessus des têtes, Rel s'arrêta à la croisée de deux trottoirs.

—Depuis Tiavé, nul ne m'a vraiment regardé, déclara-t-il. Je me suis arrangé pour que personne ne puisse se faire une idée complète de ce que j'ai fait, de ce que je suis, pour que nul ne me voie en entier, même toi, Lame. Ce jeu me fut dicté par une crainte qui n'a plus de raison d'être.

Il se mit torse nu et s'installa, genoux sur le ciment, se roulant en boule jusqu'à ce que le front lui touche presque les cuisses, le haut de la tête appuyé sur sa chemise pliée posée à terre. Il avait les coudes à terre, effleurés par ses cheveux, avec l'avant-bras droit plus près de la tête et le gauche un peu ouvert. C'était une posture peu usuelle pour un corps de forme humaine ordinaire. Comme il avait toujours été très souple, elle semblait confortable pour lui. Il resta là sans bouger.

Il n'y avait pas beaucoup de place. Fax s'assit devant lui, sur le trottoir qui s'étendait un peu vers sa gauche ; Taxiel prit place sur le trottoir en arrière à sa droite et Lame sur celui en arrière à sa gauche. Ils le regardaient.

Fax se sentait en quelque sorte opaque à la situation. Il était arrivé aux anciens enfers en tant que juste, en récompense de la vie particulièrement utile qu'il avait menée auparavant : ce monde cendreux et verdoyant par endroits lui paraissait une sorte de paradis. Il avait tendance à être partout heureux, à son aise. Les situations trop douloureuses, il lui était impossible d'y participer. Dans la partie administrative des enfers chauds, il se sentait comme chez lui. Ici, par contre, il se trouvait handicapé. Il ne voyait pas les damnés, même s'il savait qu'ils étaient là. Il aurait pu élire domicile au milieu des pires tourments infernaux, il y serait demeuré aveugle et sourd. Le corps que les juges lui avaient attribué, ils l'avaient muni d'œillères à l'épreuve du malheur.

Au moins, il connaissait assez son propre état pour en tenir compte dans sa vision du monde. À présent que des souvenirs de sa vie précédente lui étaient revenus, il avait l'impression de jouir d'une personnalité un peu plus subtile qu'avant. C'était toujours ça. Il regarda les cheveux, la nuque et le haut du dos de Rel dans la vive lumière jaune, ennuyé de ne pas sentir grand-chose et d'en comprendre encore moins. Par contre, il n'avait pas envie de s'en aller. Il se rappelait quels moyens irrationnels Rel avait utilisés pour forcer la porte d'Arxann ; dans cette entreprise, contrairement à son attente il avait lui-même pu jouer un rôle utile. Ici, ce serait peut-être la même chose.

Taxiel, quant à lui, continuait à être bouleversé par ce que Rel avait révélé. Pour échapper à l'émotion qui l'étreignait, il se mit à observer les puits de flammes avoisinants, en se demandant s'ils étaient bien tenus. Après tout, il avait travaillé aux enfers chauds pendant quelques siècles, il se sentait ici dans son élément. À vue de nez, il lui semblait que ces damnés-ci auraient dû souffrir plus. Où pourrait-il ouvrir les robinets de gaz, pour que les flammes grondent davantage ? Et puis, il n'y avait pas assez de robots ni de sbires en train de s'agiter avec des fourches. Étaient-ils fainéants, dans les nouveaux enfers ? De son temps on avait fait des erreurs, certes, mais au moins on avait su tourmenter les damnés. Peu importe ce qui avait pu se passer du côté de Rel et de son père, les damnés avaient reçu leur lot de souffrance. Plus leur douleur était intense, plus tôt finissait leur peine. Ici, par contre, ils couraient le risque de s'éterniser, mijotant au lieu de frire. Il frissonna, malgré la chaleur. Il resta assis, déçu d'avance de ce que Rel allait bien trouver à leur montrer. En tout cas, il était plus confortable de se sentir agacé que le cœur en compote.

La lumière d'un jaune violent, fluctuante, flamboyante, illuminait la scène. On sentait la présence des damnés, en train de rôtir dans le voisinage. Qu'ils mettent trop de temps à purger leur peine ou non, leur désespoir était intense. Le cœur serré, Lame observait le dos clair, arrondi, de Rel. Sa peau, qu'elle avait si souvent touchée, avait l'air à la fois vieille et inusable, tendue sur les côtes et sur l'échine. Elle semblait carrelée de lignes plus claires, de largeur variable. Pigmentation curieuse ? Non, il s'agissait d'un réseau de cicatrices qui la parcouraient. Il avait dû falloir pas mal de coups pour produire cet effet.

Émue, elle se demanda pourquoi ces cicatrices n'avaient jamais attiré son attention auparavant. Après des siècles de vie commune, c'était tout de même un peu fort ! Elle en vint à la conclusion que, par le passé, c'était Rel lui-même qui, par son comportement, avait été l'instigateur d'une telle attitude indifférente chez elle. Invariablement, il s'était arrangé pour qu'elle voie le moins possible cette partie-là de son corps. Il n'avait jamais encouragé qu'elle y touche, il ne manifestait ni plaisir ni douleur si elle le faisait. La peau en était peut-être devenue engourdie, insensible. D'autre part, Lame aurait pu lui mettre par inadvertance le doigt dans l'œil en lui caressant le dos. Raison de plus de ne pas le toucher dans cette région.

La plupart du temps, ils faisaient l'amour dans le noir ou dans la pénombre. Il ne lui avait pour ainsi dire jamais tourné un dos non couvert, sauf à distance. Il avait dû avoir une attitude semblable à l'égard de ses autres partenaires. Ce geste de politesse de sa part – épargner à autrui de voir quelque chose de disgracieux – était également une forme de camouflage. Il avait voulu dissimuler les traces de ce qu'il avait subi dans sa jeunesse. Il y était parvenu sans difficulté.

À présent, au contraire, il se dévoilait. Il s'était seulement mis torse nu, non entièrement nu. Ce n'était sans doute pas par pudeur, mais plutôt parce que son sexe, lui, ne recelait plus de secrets. Ce qu'il n'avait pour ainsi dire jamais montré, c'était son dos, non sa poitrine ou son sexe. Tout le monde s'y était laissé prendre, croyant tout connaître après une nuit ou des siècles d'amour, alors que l'attention n'avait été qu'habilement divertie de la douleur ancienne vers le désir, de l'humiliation vers la jouissance.

Elle eut l'impression d'avoir perdu du temps à n'aimer qu'une partie de lui. C'est tout de même ce qu'il avait voulu. Peut-être n'aurait-elle pas pu donner plus. Elle aussi avait ses blessures. Était-elle prête à présent à le prendre tel quel, lui l'ange volontairement exilé en enfer, lui l'ancienne terreur des rentiers reconverti en noble infernal, lui qui voulait partir, retrouver les traces d'un passé inaccessible, au-delà du viol et des coups ? Qu'est-ce que cela réveillait en elle ?

Lame décela un mouvement dans la partie la plus haute du corps de Rel. Les omoplates, ou plutôt les moignons d'ailes, se dépliaient. Un instant, elle imagina de vraies ailes, bien empennées, se déployant, immenses, blanches et puissantes dans l'air chaud, pour prendre leur essor dans les courants ascendants. Puis elle vit un œil qui lui faisait face, bien ouvert.

C'était un œil de forme humaine normale, avec des cils. Il semblait d'un gris très banal, tout comme les yeux que Rel avait dans le visage. Cet œil pivota sur son moignon d'aile, qui s'éleva pour qu'il puisse aller regarder Fax. Il bougeait indépendamment de l'autre œil, celui du côté de Taxiel, dont la paupière tombait un peu, sans doute à cause de mauvais traitements passés, et qui toutefois saisissait le panorama par un mouvement de va-et-vient à l'horizontale. L'ensemble, saisissant, évoquait une tête de pieuvre géante. Où seraient la gauche et la droite d'une telle tête ? Sur l'omoplate gauche de Rel s'ouvrait l'œil droit de cette nouvelle tête, et inversement. Quant aux deux autres yeux de Rel, sur sa tête en ce moment ployée pour que le sommet en touche terre, eh bien ces yeux-là percevaient le haut comme étant le bas. En outre, d'une certaine façon, Rel roulé en boule tournait le dos à Taxiel, à Fax et à Lame, même s'ils se faisaient face, eux. Par contre, avec ses yeux de pieuvre il pouvait les regarder tous les trois en même temps. Ainsi, gauche et droite, haut et bas, dos et face, les points de repère usuels n'avaient plus cours.

Lame laissa cette impression la pénétrer, ainsi que la sensation d'être observée par un être qu'elle ne saisirait jamais, même après des siècles d'amour.

S'il avait réussi à ne pas attirer l'attention sur ses cicatrices, Rel avait également minimisé l'acuité de ses yeux dorsaux, laissant entendre qu'ils ne voyaient pas beaucoup. C'était peut-être vrai de l'œil du côté de Taxiel, qui avait la paupière paresseuse, mais en tout cas il savait se servir de ce qu'il avait. Elle le vit ciller, puis faire un petit geste vers la gauche de Lame. Elle regarda dans cette direction. Au loin, c'était la balustrade de la zone administrative. Des gens, minuscules à cause de la distance, étaient en train de s'y assembler, regardant vers ici. C'était l'heure du lever. Le bruit de la présence de Rel en ces lieux-ci avait dû courir. Par contre, nul n'osait descendre les rejoindre.

De nouveau, Lame regarda Rel, qui la considérait de son regard de poulpe. Pas étonnant qu'on l'ait rejeté à sa naissance. Plus tard, il avait su divertir l'attention vers son hermaphrodisme, pour occulter la profondeur de sa différence. Lame observa la naissance de ses seins, sous lui, dans la lumière des flammes. Arrosés de gouttelettes d'huile chaude, ils frémissaient, inquiétants eux aussi. Face à une telle étrangeté et à un regard si imposant, Lame se sentait à la fois confuse et bouleversée. Elle se sentait invitée à continuer d'aimer un être qui serait sans cesse trop polyvalent pour une passion de routine.

Un nouvel élément vint augmenter encore l'insolite de la situation. D'un mouvement nonchalant et délibéré, Rel dressa le bras gauche, faisant tourner l'avant-bras dans diverses directions. Ses tatouages et ses implants à fleur de peau, parcourus de cicatrices, rutilaient. Ils n'avaient plus l'air de simples connexions artificielles, servant de laissez-passer ou permettant des contacts d'une technologie avancée avec les diverses portes et les autres créations des juges. Au contraire, ils semblaient faire partie intégrante de son être, manifestant qui il était. Son bras sinueux, doré, cuivré, pailleté et parcouru de fils lumineux était offert aux regards, captant l'attention tel un étendard ou un sceptre naturel. On devait l'apercevoir de la balustrade, à tel point les flammes s'y reflétaient. Au bout, une main dorée aux ongles roses. Son pouce touchait l'index comme pour figurer un œil de plus ; les autres doigts étaient joints pour former un sourcil. Ornée à son tour des marques accumulées au cours de deux millénaires et demi, cette main amplifiait et raffinait le mouvement du bras, le dotant d'une élégance enfin familière. Le poulpe se transformait en cygne, ce qui avait provoqué la répulsion se révélait céleste, incroyablement ancien et plein de confiance.

À mesure que se développaient les mouvements ondoyants, splendides et imprévisibles de cette main et de ce bras, l'atmosphère avoisinante se transforma, pour devenir incroyablement paisible. Graduellement, les flammes des alentours diminuèrent d'intensité, ne formant plus qu'un feu très doux qui caressait en flammèches la surface de l'huile. Les yeux une fois habitués à la pénombre, Lame aperçut les corps détendus des damnés abandonnés au clapotis et entendit l'exclamation d'étonnement de Taxiel découvrant la même chose.

Quant à Fax, son expression manifestait la stupéfaction, l'émerveillement. Son regard vif allait des bassins d'huile au bras resplendissant de Rel, qui lui donnait l'impression d'avoir absorbé les flammes. Les damnés étaient pour le moment si calmes que même lui pouvait les voir. Et, d'un coup, il découvrait davantage, non avec ses yeux de chair, mais avec ceux de son imagination. La barrière de son esprit rationnel venait d'être franchie. Comme au temps jadis où il était Taïm Sutherland.

Il lui semblait que la paix s'étendait encore plus loin, plus creux et plus haut. Le bras de Rel, qui avait bu la lumière, en émettait maintenant, devenant le point de ralliement d'un réseau de forces qui traversaient tous les territoires infernaux et s'étendaient même vers l'extérieur, surtout vers le bas qui, par l'effet de renversement propre à ce passage, était la direction approximative du monde au-delà de l'ancienne porte verte.

Ce simple bras flamboyant avait quelque chose d'incompréhensible ; il ne faisait pas de gestes qui se répètent ou dont on peut prévoir le suivant. Ses mouvements, pas très rapides mais sans hésitation, réveillaient des souvenirs, ceux d'une danse qui dépasse l'intellect. Fax se rappelait avoir été lui-même danseur, vers la fin de sa vie en tant que Taïm Sutherland. Danser avait été pour lui une sorte de magie, qui lui avait permis d'entrer en contact avec une réalité qui dépassait le rationnel. Il avait pu s'astreindre à cette discipline, jusqu'au point de charmer la Dragonne de l'aurore et d'atteindre ainsi un autre niveau de connaissance. Tandis que déferlaient sur lui des images de cette époque révolue, souvenirs d'atmosphères et de sensations davantage que de chorégraphies précises, il considérait Rel, découvrant en lui un maître danseur, qui captive le regard et la pensée pour l'ouvrir vers des dimensions auparavant inimaginables. L'horreur devenait gracieuse ; Rel et les enfers, dépouillés des scories et des humiliations, formaient un tout fait d'intelligence et de lumière.

Le mouvement ralentit, le bras se replia enfin, s'éteignant dans ses scintillements. Les yeux mystérieux clignèrent et se fermèrent.

Posément, Rel se redressa et remit sa chemise blanche, tachée d'huile. Il l'attacha au col et aux poignets, selon son habitude. Il se débroussailla les cheveux, reprenant son aspect ordinaire. Autour d'eux, les flammes reprirent avec une certaine lenteur.

Quatrième journée, la salle

Ils revinrent vers les édifices de l'administration. Ayant monté les escaliers jonchés des déchets produits par la souffrance des damnés, eux-mêmes aspergés de telles scories, ils saluèrent les gens qui les avaient regardés de loin.

Parmi eux se trouvait Aube, entourée de sa suite d'une cinquantaine de damnés caoutchouteux des enfers froids, au nombre desquels plusieurs de ses amants. La fille de Rel considéra celui qui était à la fois son père et sa mère.

—Tu ne m'as pas invitée en bas, constata-t-elle avec un certain dépit.

—Tu n'en avais pas besoin, répondit Rel. Tu vis en enfer. Tandis qu'eux...

D'un regard il désigna Lame, Sutherland et Taxiel:

—Eux avaient besoin qui d'un rappel, qui d'une initiation, conclut-il.

—Je t'ai senti réunir le monde entier autour de ton bras. Tu ne m'as jamais montré comment faire. Et tu parles de ne plus revenir.

—Les parents ne sont pas tenus de tout apprendre à leur progéniture.

—Si tu veux que je règne un jour...

—Je ne t'apprendrai pas de trucs. Je te laisserai découvrir ta place.

—J'aurais voulu que tu m'expliques le monde. Mais tu t'en vas. Tu me laisses au milieu des Sargades.

—Tu es à demi Sargade, tout comme moi. Tu es malheureuse chez eux?

—Non. Mais je m'ennuie de chez moi. Surtout quand je te vois.

—Mes parents ne m'ont pas expliqué grand-chose. J'ai voulu te transmettre cet héritage d'autonomie.

—Toi, tu as vu l'extérieur. En plus, tu possèdes des souvenirs de ta vie passée. Moi pas. Tu te rappelles avoir rencontré des sages, qui t'ont guidé. Tandis que, de mon côté, le seul sage que je connaisse, c'est toi.

—La sagesse, je te l'ai transmise aussi. Réfléchis un peu.

—En tout cas, ajouta Aube, je dois partir maintenant. Le reste de ma grappe me réclame aux enfers froids. Imagine: j'ai cinq cents damnés qui m'adorent. Quelques-uns sont ici; la plupart dépérissent là-bas, sans moi. Tu n'as jamais connu ça.

—Tu es populaire. C'est bien.

—Tu veux dire que c'est de mon âge.

—Oui.

Aube se ressaisit. D'un ton ému, elle avoua:

—J'aurais voulu rester plus longtemps auprès de toi, Rel. Les Sargades t'interdisent l'accès aux enfers froids et tu t'en vas bientôt. Je ne te reverrai peut-être plus jamais.

Rel baissa la tête.

—Il ne te reste rien à me donner? insista Aube.

Il la prit dans ses bras. Tout autour d'eux, les damnés de la grappe d'Aube s'agitaient un peu, à la fois inquiets de se sentir exclus de l'émotion que leur Aube vivait avec ce vieil étranger crasseux qui avait presque la même odeur qu'elle, et rassurés de la sentir heureuse.

Aube et Rel comparèrent ce que les juges leur avaient chacun implanté au bras gauche. Les dessins étaient très différents. Les destins aussi, sans doute. L'un pouvait rassembler le monde, l'autre simplement des grappes.

—Les juges t'ont donné moins de pouvoir qu'à moi, déclara Rel en toisant sa fille. Ça, c'est un défi. Pour toi comme pour moi. Quelle que soit leur décision, elle n'est jamais finale.

—Nous avons notre mot à dire?

—Il serait temps que tu t'en rendes compte!

Ils échangèrent les plus chaleureux adieux. Puis Lame enlaça Aube qu'elle avait contribué à élever. Fax-Sutherland lui serra la main, lui qui l'avait vue grandir. Enfin, Taxiel la salua.

Aube, jeune représentante des juges aux enfers froids, prit congé d'eux. Elle s'éloigna, redevenant aussi hautaine qu'une Sargade, entourée de ses damnés qui cabriolaient comme des otaries et des bouffons, contents de quitter ces lieux pour eux torrides. Elle n'en était pas mécontente non plus. Certains Sargades avec leurs grappes la rejoignirent près des portes inter-mondes, pour qu'ils voyagent ensemble.

Les quatre futurs pèlerins de l'extérieur montèrent à leurs chambres pour y prendre une douche
et changer de vêtements.

Un peu plus tard, ils se retrouvaient dans la
salle pour la quatrième journée.

—Nous abordons à présent des sujets plus
réjouissants, annonça Rel.

Lame le considéra. Avec lui, on pouvait s'attendre à tout.

—Comme je le disais hier, poursuivit-il, j'aurais voulu que mon père m'aime. L'eut-il fait, tôt
ou tard mes idées seraient devenues siennes. Je
n'aurais eu aucun motif de prendre le pouvoir.
Les réformes auraient eu lieu sous son règne. Or,
il ne m'aimait pas. En un premier temps, je me
suis enfui.

Lame n'avait rien perdu des sous-entendus
sinistres de ces paroles. Elle se demanda si elle
ne quitterait pas la salle pour protester contre
l'humour particulier de Rel. Cependant, la curiosité l'emporta.

—Fax, continua Rel en notant l'expression
intriguée de son ami, que penses-tu de tout cela?

Fax se leva, se disant que cette invitation publique méritait une réaction assez emphatique.
On lui tendit un micro. Il se trouvait en situation
de représenter la salle. Il n'hésiterait pas à poser
des questions dont il devinait la réponse.

—Tout à l'heure, dit-il en regardant alterna-
tivement la salle et son interlocuteur, tu m'as
mené au cœur des enfers chauds et tu y as dansé.
Avais-tu appris la danse aux enfers ou dans le
monde extérieur où tu t'es enfui?

—En effet, cette danse ne vient pas d'ici. Elle ne me vient ni du pays de ma mère ni de celui de mon père. Je ne l'ai pas inventée non plus. Elle vient du pays que j'ai trouvé au-delà de la porte verte.

—Moi aussi j'ai su danser, continua Fax. Du temps où je m'appelais Taïm Sutherland. Je ne me souviens plus des pas, ni du rythme, mais je n'ai pas oublié l'effet dans mon esprit. Cet effet, je viens de le ressentir de nouveau. Ton pays de l'autre côté de la porte et celui de ma vie précédente n'en font sans doute qu'un seul : l'Archipel de Vrénalik et le monde auquel il appartient. Serling-Catadial, Frulken, Ougris, y es-tu allé ? As-tu entendu parler du Rêveur Shaskath, du sorcier Ivendra ou de Svail ? Je suis né à Ister-Inga et mort dans la forêt au nord de Frulken, la capitale de l'Archipel. J'ai aimé Anar Vranengal et Chann Iskiad...

Dans cette salle pleine de damnés rampants, où les insignes des impitoyables juges du destin ornaient les murs, il trouvait exaltant de faire retentir les noms sonores des cités, des pays et des gens de son univers disparu : c'est tout ce qui en restait, sans doute. Rel attendit que l'effet de dépaysement s'atténue pour répondre doucement :

—Ces noms ne me disent rien. C'était il y a si longtemps ! Les gens dont tu parles sont nés après mon départ. Quant aux lieux, même si toi et moi sommes peut-être allés aux mêmes endroits, on ne les appelait sans doute pas de la même façon.

—Tu es passé là il y a deux mille ans, c'est vrai. Pourtant, parfois les noms de lieux demeurent presque inchangés, même sur une si longue période.

—Deux mille de nos années, Taïm Sutherland.
Pas des tiennes.

Fax rougit. C'était la première fois que Rel l'appelait ainsi. Il se sentait ému de voir ses souvenirs
honorés, mais ce que cela faisait naître en lui était
presque douloureux à cause de la référence à un
passé révolu. Il se ressaisit et reprit son rôle de
représentant des gens de la salle :

—Mes années et les tiennes ne seraient pas les
mêmes ?

—Le temps ne s'écoule pas de la même façon
dans le monde d'où tu viens et dans celui où nous
sommes. Mais on s'accorde à dire que, depuis
peu avant ma naissance, l'écart est plutôt stable
et pas très grand.

—De combien est-il ?

—Environ d'un facteur sept.

—Tu appelles ça un petit écart ?

—Bien des écarts dépassent le milliard.

—Admettons. Une de mes années serait sept
fois plus longue qu'une des tiennes ?

—Voyons ! Les peines aux enfers sont quand
même censées être substantielles. C'est l'inverse,
Taïm. Un an d'ici en vaut sept de là-bas. Selon les
livres d'histoire de Vrénalik, comme tu dis, j'aurai
vécu là-bas il y a quatorze mille ans.

—À l'âge du bronze ! Et tu penses retrouver
quelque chose de ton passé ?

Rel s'exclama :

—Tu as bien reconnu ma danse !

La justesse de cette remarque cingla Fax-
Sutherland, tandis que s'ouvrait devant lui un
panorama d'idées nouvelles.

—Parle, s'il te plaît, lui demanda Rel. Dis-nous à quoi tu penses.

—Là-bas, à l'extérieur, le monde est plus prévisible, commença Sutherland d'une voix blanche. Du moins dans sa stabilité. Nul effet spectaculaire. Les miracles y ont rarement lieu, la réalité n'y comporte que peu d'effets spéciaux. Ici, c'est différent. Je t'ai vu faire, tout à l'heure. La matière te répondait. Les flammes infernales ont diminué d'intensité autour de toi. J'avais l'impression de voir de mes yeux les lignes de force qui nous rattachent non seulement à ce monde-ci mais aux autres. Entre ici et là-bas, donc, peu de ressemblance externe. Par contre, intérieurement, c'est la même expérience. Le lien entre ce monde-ci et l'autre est davantage une question d'esprit que de matière.

—Bien dit. C'est d'ailleurs la raison pour laquelle j'ai pu franchir la porte d'Arxann, même si la mécanique me résistait.

—Il y a davantage. Je me sens directement mêlé à ton lien à ce monde, même si je n'arrive pas à voir comment. De plus, tu m'appelles par mon ancien nom... Pourquoi me crois-tu digne de celui que j'ai été?

—Parce que tu l'es. Si tu l'acceptes, ton ancien nom redevient ton nom actuel, ton ancien titre est rétabli. Comment, déjà?

—Jayènn Taïm Sutherland.

—Ça te va?

—Je ne sais pas si je mérite tout ça.

—Aucun doute là-dessus. Donc, tu es désormais le jayènn Taïm Sutherland. Tu es un danseur et tu es un sage. C'est pourquoi tu es assis parmi les autochtones, ceux qui font le bien.

—N'insiste pas. Je ne ressens ni désir ni souffrance ; je suis donc inférieur.

—Qui t'a appris à danser, jadis ?

—Personne, à vrai dire. C'est venu tout seul. À cause des circonstances : cette statue que je transportais, Ivendra qui me l'avait confiée...

—T'étendre jusqu'à toucher à l'univers entier, puis te resserrer pour ne redevenir que toi, tu as trouvé ça seul ?

—Ça, c'est venu d'Ivendra, sans que je m'en rende compte. Au début, j'avais l'impression de tout découvrir seul. L'atmosphère m'y conviait. Je n'avais plus rien à défendre, pas même mes limites ou mon identité.

—Cesse de te dénigrer. Tu es le jayènn Taïm Sutherland. L'honneur que tu ressens rejaillit sur nous tous, puisque tu es l'un des nôtres.

—Je ne sais plus danser.

—Tu sais reconnaître la danse, ça revient au même. Quatorze mille ans et la tradition ne s'en est pas perdue ! Pourquoi ton nom se perdrait-il alors ?

Taïm Sutherland reprit son siège, pensif. Rel s'adressa à la salle :

—J'ai voulu que cette discussion ait lieu devant vous. Si vous voulez nous retrouver un jour, vous aurez une idée de la démarche à suivre. C'est beaucoup plus une question d'esprit que de matière.

Lame se leva :

—J'ai déjà reproché à... Taïm Sutherland d'être trop attaché à sa vie passée. Ai-je eu tort ?

— Au début, il ne fallait pas qu'il se prenne au piège des regrets. Il a dépassé cet écueil. Il utilise ses souvenirs pour éclairer le présent.

Cette parenthèse faite, Rel reprit le récit des événements de sa jeunesse.

BROUILLARD OU CONDENSÉ ?

Rel adolescent franchit le seuil de la porte verte, la verrouilla derrière lui, tâta quelques commandes puis, une fois convaincu que le mécanisme fonctionnait bien, s'effondra. Il passa quelques jours dans l'antichambre et dans la salle attenante, pour refaire ses forces, retrouver ses esprits et se documenter.

La salle attenante à l'antichambre contenait un lit, une armoire avec des provisions et de la documentation pour ceux qui traversaient. Rel était tellement secoué par le geste qu'il venait de faire, cette fuite non planifiée, instinctive, qu'il avait du mal à se concentrer sur les cartes, les éléments de langue du pays, sans compter la partie technique, les paramètres temporels et physiques qu'il devrait fixer. Cependant, il ne pouvait pas passer des semaines à étudier tout ça. Il lui importait de ne pas traîner dans ce lieu intermédiaire et de se cacher plus loin, le verrouillage de la porte verte ayant peut-être déjà signalé sa présence aux autorités sargades.

Il était hors de question qu'il revienne en arrière ou qu'il se fasse prendre. Toute son intelligence, il l'utilisa pour le réglage des paramètres.

Le choix par défaut, celui qu'il avait utilisé quand il avait actionné le mécanisme en arrivant, était le plus pratique pour les commerçants qui effectuaient le passage. De l'autre côté, ils avaient un corps pareil à celui des habitants de l'endroit, tandis que les journées leur semblaient d'une longueur normale. Cependant, ayant déterminé que ce réglage se rétablissait automatiquement quand le mécanisme demeurait inutilisé pendant une couple d'heures, Rel chercha à calibrer un autre réglage, qui brouillerait les pistes.

En un premier temps, il expérimenta avec les paramètres physiques. Il y avait moyen de se retrouver de l'autre côté sous forme de brouillard. Cette option avait sans doute été développée pour faciliter l'éventuelle surveillance de territoires sauvages. Cependant, ne constituait-elle pas un camouflage parfait ? Il mit en place le réglage des cadrans, appuya sur les dernières touches. La porte s'ouvrit et il sortit, avec précaution, sous forme de fumée. C'était plutôt angoissant : il se retrouvait sans force physique, ne sachant trop comment naviguer avec un corps si ténu, qui lui donnait mal au cœur. Il devait exister des techniques pour utiliser au mieux les possibilités d'un tel corps, mais il n'avait pas le temps de les étudier. Pour le moment, tout cela demeurait trop exotique. Il rentra rapidement dans l'antichambre et, d'un doigt vaporeux, mit en marche la procédure inverse, qui lui rendit bientôt son corps ordinaire.

Par curiosité, il se demanda à quoi ressemblerait ce corps, rendu pareil à celui des habitants des lieux. Ayant choisi l'option opposée au brouillard, celle de condensé, avec tous les paramètres par défaut, il se retrouva bientôt devant le miroir. Le processus avait laissé intacts ses implants, ses yeux dorsaux et toutes ses blessures et cicatrices. Cela lui plut. Il sortit. La lumière du jour l'éblouissait moins. La transformation qu'il venait de subir était superficielle, la température extérieure lui semblait aussi tiède qu'avant, même si le ruisseau voisin était nappé de glace. Cela s'expliquait facilement : les paramètres de la porte permettaient de fournir un bon déguisement ainsi que des yeux adaptés à la lumière du ciel extérieur ; par contre, qui aurait voulu des désagréments d'un véritable corps primitif ?

Avec un tel corps déguisé, il serait assez facile à repérer. À moins qu'il ne joue avec le facteur temps.

Son objectif était à la fois de disparaître et de terminer son étude de toute la documentation disponible. Il pourrait bloquer l'écoulement du temps à sa vitesse maximum, se trouver une cachette dehors où se terrer pas loin d'ici, et revenir étudier quelquefois dans la salle, en saison creuse.

Il prit donc un corps déguisé à la mode du pays, activa la manette temps jusqu'à ce que les jours et les nuits se succèdent comme les battements d'un métronome, sortit et referma la porte extérieure en notant bien son camouflage. Dans l'éclairage stroboscopique, il marcha jusqu'à un trou qu'il avait repéré parmi des racines. Il s'y couvrit de feuilles mortes, s'y blottit en boule, observant régulièrement les abords de la porte verte avec son œil dorsal le moins abîmé.

Il dut passer des années simplement à se reposer. Ses blessures demeuraient sans soins, mais elles finissaient par guérir d'une manière ou d'une autre. Personne ne venait le déranger. D'éventuels prédateurs, de toute évidence, ne le trouvaient pas comestible. La faim, le froid, la chaleur ne l'incommodaient pas. Ayant mis la vitesse du temps au maximum, il vivait au ralenti, presque en hibernation. Il n'avait envie de voir personne. Ce monde-ci n'éveillait pas encore sa curiosité. C'était une cachette, un refuge. Il était si fatigué ! Tout ce qu'il voulait, c'était qu'on le laisse tranquille.

Il sentit ses forces lentement revenir. Il se surprit à regarder le mouvement, si accéléré qu'il en était à peine visible, des bêtes sauvages des alentours, ainsi que les changements de couleurs accompagnant les saisons. S'il était très attentif, il pouvait surprendre les commerçants sargades quittant la porte, s'éloignant, puis réapparaissant pour y rentrer le moment d'après, c'est-à-dire quelques jours plus tard selon le temps normal de ce monde-ci. Personne ne semblait être à sa recherche. Il détermina à quel moment les commerçants voyageaient. Il put alors utiliser la morte saison pour pénétrer dans la salle à l'intérieur de la porte, changer le réglage du temps et étudier pour se préparer à véritablement faire son entrée dans ce qui devenait pour lui son monde d'adoption. Du point de vue des manuels qu'il lisait, cette planète n'était qu'une arrière-cour extérieure du pays sargade, où il y avait quelques beaux cailloux. C'était peut-être pour cela qu'on ne l'avait pas tellement cherché par ici, s'attendant à ce que le prince héritier des enfers choisisse une terre d'exil moins minable. Bon coup !

Il mémorisa des cartes, des cassettes de cours de langue, apprit des coutumes et des techniques courantes chez ces gens dont il avait pris l'apparence. Il se décida à faire un ajustement final au cours de son temps à lui, pour qu'il soit synchrone avec le leur. Ainsi, il pourrait aller à leur rencontre.

Les souvenirs de sa vie aux enfers n'étaient plus qu'un assortiment de cauchemars vétustes. Il avait pris l'habitude de ce ciel-ci, de ce vent-ci, de ce monde avec ses oiseaux, ses chevreuils et ses fougères. Ses implants, ses yeux dorsaux et son sexe non standard, il faudrait qu'il les dissimule, ainsi que l'absence de vieillissement de son corps, sa force physique, sa résistance à la faim, au froid, à la fatigue.

Ce monde-ci le séduisait : il semblait si doux, si engourdi dans son innocence. Loin de lui la moindre intention d'y jouer un rôle de premier plan. Il désirait au contraire se fondre parmi les gens, présence curieuse et amicale, vivant en nomade pour ne pas attirer l'attention. Il s'imaginait pouvoir y rester pendant des millénaires, jusqu'à sa mort, ayant jeté aux orties tout son héritage infernal.

Cependant, lors d'une de ses dernières visites à la salle attenante à la porte verte, juste après le retour chez les Sargades d'une expédition marchande, une surprise l'attendait. Un nouveau classeur de documents était posé en évidence sur le comptoir. Il semblait tout mince, à peine une feuille entre deux couvertures. Il l'ouvrit.

« Rel, lut-il avec effarement, nous savons où tu es. Ton père l'ignore encore ; par nos soins, il oriente ses recherches ailleurs. Mais les secrets finissent par s'ébruiter. Il arrivera bien à trouver le moyen de s'emparer de toi. Tes implants émettent des signaux. Les détecteurs te localisent, peu importe la distance, dès qu'ils se trouvent dans le monde où tu es. Il se peut que tu sentes alors quelque chose, un picotement, mais il se peut aussi que tu ne t'en rendes pas compte. Difficile de tromper les détecteurs : sur ce monde primitif, tu es le seul à avoir des implants.

« Coupe-toi le bras gauche, sinon les sbires finiront par te prendre pour te ramener en enfer. Tu ne peux pas revenir chez nous : ça pourrait déclencher une guerre que nous perdrions, les forces étant trop inégales. Mutile-toi, sinon tu te feras capturer.

« Par contre, l'enfer est peut-être ta place, Rel. Si tu y rentres, nous de la famille de ta mère et nous de la famille de Tiavé dont tu es l'héritier, nous serons tes alliés. Le temps aussi. »

Suivaient une douzaine de signatures et des sceaux sargades, impressionnants et finement découpés. Rel brûla la lettre et laissa les cendres en évidence sur la table. Il était à la fois contrarié d'avoir été découvert et terriblement inquiet de se savoir si vulnérable. Pour se donner une contenance, il ouvrit le placard à provisions. Dans un sac, il trouva ses biscuits préférés. Une de ses tantes avait dû les faire cuire, à moins que ce ne fût sa mère elle-même, revenue en vacances longtemps après qu'il eut fui.

La question de son bras émetteur de signaux, il y réfléchirait plus tard. Pour l'instant, il dévora les biscuits, revêtit les vêtements d'homme du pays rangés dans le vestiaire, remit les paramètres à l'option par défaut – temps synchrone avec celui des habitants et apparence physique compatible – et quitta les lieux.

Il se trouvait sur une île. Il partit vers le sud-ouest, marchant dans la forêt dont les branches mortes craquaient sous ses pas, pour arriver à la mer.

De nouveau, Rel considéra la salle, mélancolique. Le sentiment d'isolement et de désespoir farouche qu'il venait d'évoquer avait réussi à lui faire monter une larme à l'œil. Il l'essuya et décida de changer de sujet.

—Regardez-vous, dit-il : autochtones à ma gauche, bourreaux en face et damnés à droite. D'habitude, il y a un mouvement de gauche à droite. Ceux qui prétendent soulager et ceux qui prétendent châtier laissent leur motivation se corrompre et se retrouvent damnés après leur mort. Ça ressemble au cours du temps, qui irait de gauche à droite : passé, présent et futur. Dans le passé, on faisait le bien ; on se retrouve à faire le mal ; ce qui nous attend, c'est de souffrir. Rien de plus banal. Les enfers s'emplissent, débordent, empiètent sur de nouveaux territoires, il y a du froid chez les Sargades et des puits de flammes ici. Naïf sans doute, celui qui ne se sent pas concerné par ma description. Nul n'est à l'abri. Même ceux qui sont vertueux pendant des millénaires peuvent succomber au désœuvrement ou à la bêtise, s'amoindrir et sombrer.

Il toisa la salle, rencontrant les regards doux des autochtones, luisants des bourreaux et frémissants de douleur des damnés. Il continua:

—Pourtant, il y a moyen de faire rebrousser chemin au temps, pour ainsi dire, d'aller de droite à gauche. Ça demande des efforts constants, sans toutefois qu'ils soient héroïques. C'est à la portée de tout un chacun. On peut passer de la tristesse à la joie, de la dépravation à la valeur. Les damnés peuvent devenir bonnes âmes et les bourreaux aussi. Nul n'est exclu. C'est dans ce contexte que je m'en vais retrouver mon passé. Taïm?

Rel se leva; Taïm Sutherland le rejoignit. Ensemble ils se dirigèrent vers la droite, du côté des damnés.

—Tu les vois comment? demanda Rel.

—Mal, répondit Sutherland. Je distingue des corps grotesques. Je n'arrive pas à percevoir de douleur. Je ne sens pas d'empathie. Pourtant je le devrais. Je le voudrais.

—Que ressens-tu?

—La fierté d'être à tes côtés. Ces êtres-là t'aiment. Je sens l'amour qu'ils ont pour toi.

—Avais-tu jadis tendance à ressentir de la sympathie pour ceux qui souffrent?

—Franchement, non. Quand je voulais qu'un malheur prenne fin, j'étais satisfait qu'il cesse simplement d'avoir lieu sous mes yeux.

—Ça ne t'a pas empêché d'être considéré comme un jayènn, donc un sage.

—Peut-être à tort !

—Ce n'est pas si simple, Taïm. Tes honneurs d'antan ont été confirmés par les juges, qui ont fait de toi un juste. Ton insensibilité présente n'est sans doute que le prolongement de ton attitude passée, que tu remarquais moins puisque moins de malheurs se déroulaient sous tes yeux.

—Tu crois ?

—J'ai vécu à l'extérieur. Je reconnais ton type de regard superficiel, très répandu là-bas. Les juges ne t'ont sans doute pas mis d'œillères, comme tu te plais à le croire. Ils t'ont laissé ta vision originelle d'habitant de l'extérieur. Jadis, cela ne t'a pas empêché d'être utile. Pourquoi s'agirait-il maintenant d'un obstacle ?

—Là-bas, je me fiais à Ivendra, à Strénid puis à Othoum pour m'indiquer où je pouvais être utile.

—Ils ne t'ont pas accompagnés ici. Malgré toutes leurs qualités, c'est toi le juste ici, pas eux. Maintenant, comment t'apparaissent les damnés ?

—Comme les aspects de moi-même que je ne veux pas voir.

Cinquième journée, la salle

Rel était en retard pour la cinquième rencontre. Sans doute mettait-il du temps à se réveiller, après les éprouvantes journées précédentes. Lame, déjà dans la salle parce qu'elle avait pris le petit déjeuner avec des damnés en réhabilitation qu'elle connaissait depuis son récent passage ici, continua à se montrer sociable en bavardant avec ses voisins, deux anciens damnés des enfers de vitesse, escogriffes grisâtres agités de tremblements. Après un moment de conversation anodine, l'un d'eux déclara :

—Vous savez que votre mari, c'est le diable ?

Elle haussa les sourcils, n'ayant jamais entendu une chose pareille.

—Encore plus que son père, renchérit l'autre, Rel est le diable.

—Pourriez-vous m'expliquer pourquoi ? fit-elle.

—Eh bien, il en a les traits : à la fois mâle et femelle, lubrique...

Voulant défendre son compagnon de vie, Lame répliqua :

—Il n'a ni cornes, ni pieds fourchus, ni queue, ni tête de bouc.

De toute évidence, ses interlocuteurs venaient de mondes où le personnage du diable avait les caractéristiques qu'elle connaissait. De telles correspondances dans les légendes n'étaient pas si rares. Ils répliquèrent:

—Par contre, il a eu des ailes. Il avoue lui-même être un ange déchu!

—Trouvez toutes les ressemblances que vous voudrez, en tout cas il a bon cœur! s'exclama-t-elle.

—Mettons qu'il plaît. Qu'il soit chéri par les bourreaux et les damnés fait partie du personnage: le diable est comme ça. Moi, ce qui m'intrigue plutôt, c'est ce qu'il a derrière la tête. Veut-il aller à la conquête du monde des vivants?

—Monde des vivants? fit Lame. Vous voulez parler des mondes extérieurs? L'enfer aussi, c'est un monde de vivants, vous savez.

—Tiens, vous vous y êtes fait prendre, comme tant d'autres. Nous, des vivants? Quand nous nous souvenons du moment de notre mort, là-bas, sous le ciel?

—On se le rappelle pour que ça nous serve de leçon, non parce que ce lieu-ci serait d'une autre nature que celui d'où nous venons. On ne vous l'a pas fait voir, en réhabilitation?

—Vous répétez l'explication officielle, fit l'autre damné. Argumentons donc. S'il y a une longue succession de naissances, comment se fait-il qu'on se rappelle uniquement la précédente? Je vous croyais plus futée. La femme du diable serait une adepte de sa propagande?

Piquée, Lame répondit :

— Ces idées – que je ne désignerais pas du terme de propagande puisque nul n'est obligé d'y croire – m'aident à vivre. Je n'ai aucun intérêt à penser que Rel est le diable, lequel, en ce qui me concerne, n'existe pas. De plus, la similitude que vous voyez entre Rel et ce personnage de légende ne tient qu'au point de vue de l'apparence physique.

— Cette ressemblance est significative. Vous n'ignorez pas qu'en enfer tout est plus concret que dans les mondes où nous avons vécu. Ce qui est là-bas signe ou symbole acquiert ici une existence tangible.

Ça, c'était un bon argument. Lame ne trouva à y opposer qu'une exclamation un peu superficielle :

— De là à ce qu'il y ait une si étroite corrélation entre apparence et esprit !

L'autre poussa son avantage :

— Pourquoi pas ? Si vous vous sentez libre d'adhérer à la réincarnation, doctrine condamnée par les plus hautes instances, de notre côté les textes sacrés nous incitent à croire à l'existence du diable, dont le signalement et l'habitat répondent bien à ceux de Rel.

Lame leva les yeux au plafond. Des damnés fondamentalistes, à présent ! On aurait tout vu !

— Notre idée fait son chemin, remarqua sentencieusement le premier damné. Ne vous y trompez pas : Rel est le diable. Un nombre grandissant de damnés, de bourreaux, d'autochtones, se rendent compte que nous avons raison.

—Vous êtes mignonne, ajouta son compagnon. Allez, il n'est pas trop tard. Séparez-vous de lui, Lame. Clamez bien haut votre innocence.

—Comptez là-dessus, murmura Lame, déterminée à ne pas poursuivre la discussion.

Heureusement pour elle, Rel entrait justement dans la salle, flanqué de Sutherland et de Taxiel. Il salua la grande tapisserie noire et or dressée sur le pan de mur derrière son siège. Le tissu frémit visiblement. Les juges du destin étaient au rendez-vous. Cette partie de l'histoire s'était déroulée dans un monde où ils avaient moins leurs entrées. Ils avaient envie de l'entendre.

L'OCÉAN ET SES BERGES

Animé d'un mystérieux instinct, le jeune Rel plongea dans la mer. L'eau en était délicieusement fraîche. Il se nettoya soigneusement : après toutes ces saisons passées dans une tanière, il y avait de la mousse qui lui poussait dans les oreilles. Puis il se mit à nager, tout en observant la vie autour de lui.

Il avait l'impression de se trouver dans un monde en papier de soie : tout était si fragile, si élégant ! Les plantes, les animaux, tout se brisait et se renouvelait sans cesse, en perpétuelle agitation ! Comment des êtres si ondoyants trouvaient-ils le temps de comprendre quelque chose ? De toute évidence, ils étaient adaptés à leur monde ; comment s'y retrouvaient-ils ? Auprès d'eux, Rel était un touriste bardé de pouvoirs magiques, impossible à capturer sinon par les siens. Il lui suffisait d'une respiration de temps en temps, d'une petite gorgée d'eau et d'une bouchée d'algues par jour pour être à son aise. Nul besoin pour lui de prendre part aux combats avoisinants.

À la différence des êtres vivants, l'eau, les rochers, la terre et le vent étaient pour lui à peu près normaux. Il pouvait nager dans l'eau, marcher sur terre, toucher le sable, les pierres et sentir le vent sur sa peau. Par contre le ciel, les nuages, le soleil et les astres lui étaient totalement étrangers. Il avait entendu parler de ces genres de trucs, qui sont l'apanage des mondes extérieurs ; ils lui semblaient superflus, une débauche d'espace et de lumière. Pourquoi ce gaspillage ? D'ailleurs tout, ici, lui semblait trop grand. On aurait pu vivre plus entassé, en un lieu plus sombre. Puisque vivre était une corvée sans fin, à quoi bon le faire de manière si flamboyante ? Pas étonnant que tant de vivants d'ici se retrouvent à expier des crimes en enfer : ces lieux-ci, spectaculaires et exagérés, devaient facilement faire perdre la tête.

Pourtant, non. Comme il s'en rendait compte peu à peu, les êtres fragiles de ce petit monde extérieur sans envergure gardaient leur sens pratique. La dureté de leurs conditions de vie servait à contrebalancer ce que le déferlement de clarté et d'espace avait d'enivrant. Lui-même, au contraire, dont l'existence ici était trop facile et trop solitaire, était bien davantage qu'eux sujet à une exaltation délicieuse et inquiétante.

Il passa des mois dans les flots, ne se lassant pas de leurs couleurs, de leurs reflets, de leurs jeux avec le vent. Il explorait les abords de la côte par laquelle il était arrivé, regagnant rarement le rivage où il avait dissimulé ses vêtements. Il devint familier des poissons, des pieuvres et des coquillages. Discret, il ne prenait cependant

pas de grandes précautions pour se cacher des
hommes. Cette partie-ci de l'île était peu peuplée ;
parfois, il apercevait des barques. Sans doute des
pêcheurs, ou bien des voyageurs traversant vers
l'île voisine.

Puis, avec l'approche de l'hiver, il se hasarda
plus loin. Se dirigeant un peu à droite du cou-
chant, il franchit un détroit, puis descendit vers le
sud, longeant l'immense continent qui s'étendait
au sud des îles où il était arrivé. Il nageait de plus
en plus vite, propulsant son corps inusable dans
les eaux profondes. Sans jamais se fatiguer, en-
joué, ivre de liberté, il découvrit peu à peu toutes
les mers du globe. Sa mémoire avait bien retenu
les cartes et les noms, mais les marchands sargades ne s'étaient jamais sérieusement aventurés
hors des îles. Leurs manuels de vocabulaire ne
lui étaient d'aucun secours pour nommer les
oiseaux, les poissons, les crustacés et les algues
qu'il découvrait en faisant le tour du monde,
encore moins les bourgades dont il pouvait apercevoir la rare silhouette en s'approchant des côtes.

Dans l'océan, il était heureux. Le glissement
de l'eau autour de son corps et de ses membres
l'emplissait de volupté. Il s'amusait en compagnie
des baleines, des dauphins, accompagnait les mé-
duses dans leur contemplation des marées, suivait
les bancs de poissons dans leurs migrations. Petit
à petit, le ciel et l'espace extérieur, avec les
planètes, lui semblaient moins troublants. L'ampleur des marées avait rapport aux phases de la
lune et aux cycles de naissance ; la hauteur du
soleil à midi avait un lien avec les saisons et ce

qu'on y faisait. Le ciel, avec ses lumières, n'était pas totalement déconnecté de la vie de ses compagnons aquatiques. Dès lors, il était moins accessoire et plus acceptable.

Rel s'intéressa alors aux oiseaux de mer, eux qui savaient plonger, nager à la surface et voler au gré du vent. Ce qu'il lui restait d'ailes, il s'en servait comme nageoires ; sur ce point, ils avaient quelque chose en commun. Eux aussi, il choisit de les suivre dans leurs déplacements. Il adopta une troupe de goélands, avec un pincement de cœur : leurs instincts prédateurs, leur pugnacité lui rappelaient le pays natal. En leur compagnie, il se sentait un peu chez lui. Il pouvait nager aussi vite qu'ils volaient. Il se développa entre eux une complicité.

Une nuit qu'il dormait au fil de l'eau, il rêva qu'un goéland de ses amis lui piquait le bras. Réveillé par l'inconfort, il se rendit compte que son bras gauche était douloureux sous ses implants. Peut-être était-ce là le signe que les sbires de son père avaient abordé dans ce monde où il vivait et y avaient détecté sa présence.

Où étaient-ils ? Impossible de le déterminer. Par contre, si les Sargades avaient raison, les sbires n'avaient pas utilisé la porte verte. Dès lors, pourquoi ne pas retourner vers l'île où elle se trouvait. Difficile d'accès, elle lui assurerait un répit. De plus, il parlait la langue des habitants, ce qui lui permettrait peut-être d'obtenir leur aide. Pour se couper le bras gauche, par exemple, sans saigner à mort.

Il revint donc vers l'archipel. L'océan qui l'entourait lui semblait maintenant moins profond et moins vaste qu'avant. La sensation d'immensité qu'il avait ressentie ici lui semblait désormais naïve. Il se trouvait dans une petite mer au cœur de laquelle il y avait un petit archipel sans importance, même pour le monde sans envergure où il était. Il localisa sans difficulté la plage d'où il était parti. Ses vêtements, cachés sous des roches, étaient encore bien conservés. Donc il n'avait pas dû rester si longtemps au loin, même s'il avait l'impression d'y avoir passé une vie entière, à tel point le dépaysement avait été complet et la régénérescence profonde.

Ici aussi, il y avait des goélands. Avant de se décider à contacter les gens, il mit le temps qu'il fallait pour devenir l'ami des oiseaux. Ils lui firent découvrir des marécages et des falaises où ils nichaient. Tout était si calme, ici. Même le village des hommes, qu'il observa longuement en notant les habitudes qui y avaient cours.

Il se demanda comment il s'y prendrait pour la première rencontre. En devenant le compagnon des oiseaux, en connaissant leur mode de vie et leur langage, il avait aggravé son cas. Superficiellement, il avait l'apparence des gens d'ici et il parlait un peu leur langue. Pour le reste, non seulement différait-il par la forme du corps, la longévité et la force, mais en plus les mouettes se posaient sur ses épaules et nageaient à ses côtés. Il n'avait pas voulu les renier. Elles représentaient pour lui le lien avec le ciel troublant qui s'étendait, illimité, réservoir insondable d'espace et de mystère.

Il résolut de commencer par aborder les gens de son âge, pour ainsi dire, les adolescents : pleins d'énergie et de curiosité, ils seraient peut-être sympathiques à sa présence. Un jour d'été, il prit son courage à deux mains et s'approcha du lieu où ils se baignaient. Nageant tout habillé pour éviter de montrer son corps, il posa enfin pied dans l'eau peu profonde et s'avança en marchant sur les galets, dégoulinant d'eau à mesure qu'il émergeait. Les fixant, intimidé, il baragouina de son mieux les salutations dont il se souvenait, prêt à décamper s'il se faisait mal recevoir. Les goélands, ses amis, le surveillaient de loin en se demandant ce qui lui prenait.

De son ouïe fine, il entendit les adolescents commenter son apparence :

— C'est un fou : tout habillé, comme ça.

— Mais non, c'est le petit dieu qui nage avec les goélands. Il s'est habillé pour venir nous dire bonjour.

— Si c'est lui, il est vraiment rapide et fort. Il pourrait nous faire du mal !

— Il n'a pas l'air méchant.

Quand il fut assez près, ils lui demandèrent :

— Comment t'appelles-tu ?

Selon une coutume infernale, il répondit :

— Trouvez-moi un nom.

Ils lui demandèrent ce qu'il aimait. On l'appela Océan.

Il devint leur compagnon de jeux. Même s'il était leur aîné de pas loin de deux mille de leurs années, c'était un adolescent lui aussi. Il se sentait d'autant plus jeune et aventureux ici qu'il avait l'habitude de conditions physiques et mentales beaucoup plus dures ; ce monde-ci ne pouvait lui faire aucun mal. Quand il avait été seul, la vie ici avait même eu quelque chose de délavé, parce que trop sécuritaire, sans défi. Ses nouveaux copains lui apprirent quelque chose d'essentiel : comment s'amuser. À son tour, il leur montra à parler aux goélands.

Un été passa ainsi. Quand l'hiver arriva, ils lui demandèrent de les suivre pour se mettre à l'abri. Un de ses amis lui avait réservé une place dans la hutte familiale, sans trop en parler à son père. Quand celui-ci grogna un peu en l'apprenant, Rel sortit s'installer dehors : de toute façon, les petites neiges d'ici ne l'impressionnaient pas en comparaison des enfers froids. Malheureusement, cet épisode attira l'attention sur ses nombreuses différences : il n'avait pas non plus besoin de beaucoup de sommeil, ni de nourriture, il pouvait plonger ses mains dans les pâles feux de branches sans ressentir le moindre inconfort.

—Ouais, c'est vraiment un dieu, disait-on.

—Bof, commentait-il, ça ne me rend pas plus intelligent.

Les gens l'aimaient : il était de bonne humeur, serviable, d'autant plus que ce qu'on pouvait lui demander – par exemple récupérer des objets malencontreusement tombés dans le feu ou dans la mer – ne lui coûtait vraiment pas beaucoup d'efforts. Par contre, il refusait de chasser. Il expliqua pourquoi : il avait suffisamment vu de chasseurs dépecés en enfer et il connaissait en plus la douleur de se sentir comme une proie. Mais nul ne le prit au sérieux. La viande, c'était bon et ça gardait en santé. Rel avait pu se faire des amis, il ne s'était quand même pas fait un auditoire.

La vie redevint ennuyeuse pour lui. Il se demandait quand les sbires envoyés par son père finiraient par se manifester, pour qu'il leur en fasse voir de toutes les couleurs quand ils essaieraient de l'attraper. Ce devaient être des sbires bien empotés. Qu'est-ce qu'ils fabriquaient ? À moins qu'il ne se décide à se couper le bras pour devenir libre, privé des implants qui permettaient de le localiser. Il ne savait pas s'il voulait être pour de bon citoyen de ce monde-ci, où le temps passait trop vite et tout était si nuancé. Il finirait par s'y accoutumer, bien sûr ; déjà, il y était beaucoup plus à son aise qu'à son arrivée. C'est d'ailleurs cela qui devait retarder les sbires : le décalage temporel. En plus, eux étaient adultes, donc davantage coincés dans leurs habitudes.

Il finit par se décider à se débarrasser de ce bras qui le trahissait. Mais il ne pourrait s'y prendre seul : d'une part il risquait de saigner à mort, d'autre part où trouverait-il, dans ce monde mou, un outil capable d'entamer sa chair faite pour résister à l'assaut des millénaires ?

On lui indiqua l'île voisine, plus à l'ouest : là se trouvaient les belles pierres que les dieux aimaient et aussi les gens qui, pour les extraire, façonnaient le métal.

Il fit la traversée à la nage, une nuit de tempête d'hiver. Il faisait clair en comparaison des crépuscules infernaux, le froid était revigorant. Les oiseaux, avec lesquels il entretenait maintenant une relation quasi télépathique, le suivaient en criant, ébouriffés par le vent contraire. Les vagues hautes comme des cathédrales, les glaces s'entrechoquant, les rafales de vent glacé hurlant, cela évoquait tout de même un peu les effrayantes splendeurs du monde qu'il avait fui. Il se sentait ainsi confirmé dans son désir de s'établir en ces lieux qui n'étaient pas irrémédiablement fades.

On lui avait indiqué où était la hutte d'un forgeron, dans un coin désolé de la côte sud, près des gisements de cuivre. Il frappa à sa porte à l'aube. Il avait des glaçons dans les cheveux, était vêtu d'une carapace de vêtements gelés et entouré d'un essaim d'oiseaux de mer transis et grognons.

—Coupez-moi le bras, s'il vous plaît, déclarat-il à celui qui vint lui ouvrir. Et prenez-moi à votre service pour vous payer.

L'autre lui fit signe d'entrer. Sa cabane était sale et en désordre. Il installa Rel près du feu pour qu'il fonde et se mit à préparer à manger.

Rel lui déclara qu'on l'appelait Océan. Le forgeron, quant à lui, se nommait Vriis. Grand, fort et barbu, il avait une trentaine d'années et une réputation de paresseux. Ayant interrogé Rel au petit déjeuner et examiné son bras doré, il lui fit part de ses conclusions :

—Ceux qui t'ont envoyé ici veulent se payer ma tête. Ils se doutent bien que je ne pourrai rien faire. Ils ont envie de rire de moi.

—C'est nous qui allons rire, fit Rel pour lui remonter le moral.

—Je n'en suis pas sûr.

Il dévisagea Rel et ajouta :

—En plus, si je réussis, tu seras faible pendant un bout de temps et tu ne pourras pas me servir, c'est-à-dire me payer. Mon apprenti est parti le mois dernier. Remplace-le pendant un an. Ensuite, comme salaire je te couperai le bras. En tout cas, j'essaierai.

—Pourquoi pas ? dit Rel.

Un feu de forge, cela aussi lui rappelait le pays. Une année d'ici, pour lui ce n'était pas long ; en plus, les sbires n'avaient pas l'air de se presser ; il ne sentait presque rien dans son bras. Et puis, la nourriture qu'on venait de lui servir était bonne, même s'il n'en avait pas vraiment besoin. Pour le reste, on verrait. Il prit l'habitude de passer la nuit sur la plage, parmi ses oiseaux, tandis qu'il était à la forge pendant la journée.

Vriis n'était pas habile. Ni aimé. Ni méchant, par contre. L'eût-il été, il eût trouvé impossible d'exploiter Rel, qui était infatigable, ou de le maltraiter, puisque tout ici lui était confortable.

Au contraire, Vriis était apitoyé par Rel. Ce dernier lui rappelait l'adolescent qu'il avait lui-même été. Il le voyait considérer le monde comme un lieu de plaisirs étourdissants, parce qu'il avait fui une souffrance tout aussi débridée sans trouver par quoi la remplacer.

Ils devinrent amis. Impossible pour Rel de travailler ici sans montrer à Vriis ses seins de fille, ses cicatrices impressionnantes, ses yeux dans le dos, son bras gauche orné de tatouages et de métal palpitant enfoncé dans la chair. Rel se mit à se confier à ce barbu mal dégrossi, qui s'astreignait à couler le bronze dans des moules menaçant de fendre au premier pépin, et qui partait de temps en temps se faire épouiller chez sa maîtresse ou bien chez sa mère, laquelle brassait une bière à peu près potable. Rel avait l'impression de voir Vriis vieillir et mûrir de jour en jour : ici, tout passait si vite. Encore un peu de temps et Vriis, comme tous les autres d'ici, ne serait plus qu'un souvenir. Il se demandait comment cet éphémère, né après son propre passage de la porte verte, pouvait s'y être pris pour acquérir une telle expérience de la vie.

Dans sa propre vie de déphasé, quelques clins d'œil plus tard, un an s'était déjà écoulé.

—J'ai respecté mon engagement, déclara-t-il à Vriis. Il est temps que tu me paies. Avec quoi vas-tu me couper le bras ?

Il avait beau le trouver gentil, il avait ses doutes.

Vriis lui indiqua la grosse hache de bronze qui servait à fendre le bois. Rel l'affûta.

—Et si je me débats ? poursuivit Rel. Il n'est pas évident que je pourrai rester à me faire couper le bras sans broncher.

Vriis indiqua le lit, ainsi que des chaînes qui traînaient dans un coin. Rel les renforça, pour qu'elles ne cèdent pas au premier faux mouvement qu'il ferait. Ils examinèrent comment Rel pourrait être enchaîné au cadre du lit de Vriis, dont on aurait retiré toute literie pour que le sang ne la salisse pas. Ils testèrent aussi un bâillon, au cas où il hurlerait, ainsi qu'un garrot. Rel voulait que le moins de gens possible soient au courant. Le bras coupé serait offert aux goélands qui occupaient la grève, fidèles compagnons de Rel.

Une fois les préparatifs terminés, Vriis se retira chez sa maîtresse. Pendant son absence, Rel passa son temps à nager avec ses amis ailés. Avec un seul bras, il ne pourrait plus aussi bien le faire. Sous l'eau, glissant dans les flots verts comme une gemme vivante, il considérait son bras gauche, orné de toute la puissance des enfers. Il faudrait l'entailler sous l'épaule pour qu'il se débarrasse de son passé. Pourvu qu'un seul coup de hache suffise. Par contre, un tel souhait était sans doute irréaliste.

Vriis rentra à la forge avec trois cruches de bière qui venaient de chez sa mère. Heureusement, il n'y avait presque pas touché.

—Elles sont pour toi, expliqua-t-il.

Rel en but deux, gardant la troisième pour après.

D'un air lugubre, Vriis enchaîna chaque membre de Rel à une patte du lit, lui garrotta le bras gauche avec une lanière de cuir et le bâillonna avec un mouchoir. Un feu grondait, avec une barre de métal plantée dans les bûches pour cautériser la blessure au moment voulu.

Vriis saisit résolument la hache et la brandit au-dessus de sa tête. Rel observa les muscles puissants de sa poitrine poilue et de ses bras se gonfler ; Vriis avait beau ne pas être très vaillant, c'était un colosse.

Pour Rel, enivré, le temps se figea. Il fixait Vriis et avait, pour la première fois, la sensation d'un contact véritable avec ce monde où il végétait depuis des lustres. Il devenait synchrone avec lui, en saisissait enfin la profondeur. Il se sentait en vie. Il avait l'impression d'une porte qui venait de s'ouvrir, au moment le plus inattendu, vers des vérités insoupçonnées. Son regard rivé à celui de Vriis, l'encourageant mentalement, il attendit que le coup tombe.

Mais Vriis, qui avait déçu beaucoup de gens au cours de sa vie, déçut Rel à son tour. Il baissa les bras, alla ranger sa hache et prit un verre de bière en lui tournant le dos. Rel grogna à travers son bâillon pour essayer de l'exhorter à la tâche. Rien n'y fit.

Après un moment d'hésitation, Vriis se jeta sur Rel enchaîné et bâillonné et l'embrassa furieusement. Rel sentit les poils de ses aisselles lui passer sous le nez et fit la grimace. Le pénis un peu flasque du forgeron pénétra son vagin à peu près vierge. Son esprit plongea dans une certaine confusion. Il s'était préparé à ce que la journée tourne mal, mais pas de cette façon.

Il se laissa faire. Résister aurait donné quoi ? Finalement, Vriis défit ses liens. Rel se frictionna les membres. Pour ainsi dire, sa vision du monde avait changé.

—C'est de ça que tu avais besoin, affirma Vriis d'un air peu convaincu.

Rel soupira.

Ils terminèrent la bière ensemble. Dans l'état extrêmement tendu où ils étaient l'un comme l'autre, ils fraternisèrent plus que jamais. Et redevinrent amants.

—De toute ma vie, avoua Vriis, je n'ai rien pu réussir de difficile. Dès qu'un ennui se pointe, je laisse tomber. Comment as-tu pu croire que je te couperais le bras ? Mutiler ton corps si adorable ? Je ne me le serais jamais pardonné !

Il se mit à lui embrasser l'épaule et à lui caresser les seins.

—Ouais, fit Rel d'un air morne, je vais retourner en enfer, c'est sûr.

—Tes bidules au bras, tes pouvoirs, ils pourront quand même t'adoucir la vie, tu ne trouves pas?

—Ils vont me la rendre plus compliquée, au contraire. Imagine : grâce à eux, je me qualifie pour régner sur les enfers. Non, ce qui va m'adoucir la vie, c'est la baise, je le sais.

—Rien de tel qu'une bonne baise, tu trouves aussi, non? renchérit Vriis.

Rel opina. Encore un orgasme et il affronterait des siècles d'horreur. Il était fait comme ça. Il carburait à la passion, autant l'admettre.

Il se fit encore moins de travail à la forge. Rel et Vriis vécurent une lune de miel époustouflante au milieu des goélands. Plus il faisait l'amour, plus Rel devenait citoyen de sa terre d'adoption. Plus le temps ralentissait pour lui, moins il craignait l'avenir. Finalement, il apprenait à cesser de fuir.

Plus Rel se rapprochait de Vriis, plus ce dernier se faisait attentif, au point d'en devenir presque élégant. Tout comme Rel, Vriis avait été maltraité dans son enfance. Sa confiance en lui-même n'était pas très développée. Par contre, Rel avait accepté sans insister que Vriis ne lui coupe pas le bras. Mieux encore, il avait répondu à un amour résolument maladroit par de l'amour, sincère lui aussi. En respectant ainsi le point de vue et les sentiments de Vriis, Rel exerçait sur lui une influence positive. Tout cela faisait du forgeron un homme nouveau.

La situation était idyllique. La maîtresse de Vriis, aimable de nature, acceptait que son homme la partage avec une espèce de dieu océanique qui frayait avec les goélands. De plus, une fois passée la lune de miel, Vriis et Rel se remirent à la forge pour former une équipe plus harmonieuse qu'avant. Sans effort, Vriis se mit à mieux travailler. Tempérament créateur, il avait toujours eu beaucoup d'idées. À présent, il était en mesure de les concrétiser. Sa joie était évidente. Il se mit même à sculpter dans ses moments libres, encouragé par Rel. Il avait toujours rêvé de faire un peu de sculpture – il retrouvait ses anciens rêves à présent que personne ne riait de lui.

Rel lui demanda d'où lui venait son talent.

—De ma mère, bien sûr, répondit Vriis. D'ailleurs, il serait temps que je te présente à elle.

TRANAG

Le récit de Rel fut interrompu par des rires, venant surtout de la section des damnés. L'idée que ce poilu de Vriis veuille présenter à sa vieille maman un être aussi curieux que Rel, comme si c'était sa fiancée, leur apparaissait comique au plus haut point. Le rire gagna la salle entière, à l'exception de personnages qui, tel Taxiel, étaient des gardes en fonction, ou, tel Taïm Sutherland, demeuraient sous le charme évocateur du récit. Lame, parmi les anciens damnés, nota quelques aspects de ce fou rire général.

D'abord, les rires qu'elle entendait à côté d'elle avaient quelque chose de bref et de douloureux. Ceux qui y cédaient étaient damnés, ou encore en réhabilitation ; dans un cas comme dans l'autre, leur corps était en mauvais état. Rire leur faisait mal. Ils hoquetaient un peu, s'interrompaient, s'abandonnaient de nouveau à l'hilarité, se retenaient. Les plus habiles réussissaient à demeurer silencieux. Dans ce cas, leurs épaules étaient secouées et des larmes coulaient sur leurs joues crispées par un sourire. Joie et douleur s'entremêlaient.

Mais ils avaient tellement l'habitude de la douleur qu'ils n'y faisaient plus tellement attention. Leur propre plaisir les enivrait et leur donnait une allure juvénile. Ce n'étaient plus des gens qui connaissaient l'enfer, mais des écoliers en train de rire du prof. Ils avaient peur de se faire punir ; par contre, leur joie de vivre était la plus forte.

En particulier, les deux fondamentalistes voisins de Lame se tenaient les côtes dans leur chaise roulante. Bon, si le diable les faisait rigoler, c'était toujours ça.

Lame riait aussi. Cela tenait sans doute à la façon dont Rel s'y était pris pour parler de ses amours avec Vriis. Elle s'était attendue à un récit mystérieux, émouvant. Le séjour de Rel à Vrénalik – même les juges du destin s'en étaient montrés curieux ! Si ça tournait à la farce, était-ce volontaire ? Elle fixa la tapisserie noire derrière Rel. On n'y décelait plus aucun mouvement. Décontenancés par l'explosion d'hilarité, les juges avaient dû rentrer dans leurs foyers. Un peu embarrassée, Lame finit par regarder Rel. Confortablement assis, il observait la salle. Son visage sérieux et détendu demeurait neutre. Une ou deux fois, il essaya de reprendre son récit, déclenchant aussitôt un nouveau fou rire. Agacé, Taïm Sutherland jeta quelques regards bien appuyés sur des rieurs particulièrement sonores, avec l'effet inverse de celui qu'il désirait. Rel se mit à rire à son tour.

Quelques minutes plus tard, tout était calme.

—À cause de Vriis, annonça Rel, je suis devenu citoyen honoraire de cette île. Qu'en dis-tu, Taïm ?

Sutherland se leva, l'air moins furibond. D'un ton très sérieux, articulant parfaitement, il déclara:

— Il est probable que la porte verte a uni le pays des Sargades à ce qui, à mon époque, s'appelait l'archipel de Vrénalik. Sans doute s'ouvrait-elle sur Strind ou sur Vrénalik, les deux plus grosses îles. À l'ouest, c'était Drahal – des récifs, de mon temps, mais une véritable île quelques siècles plus tôt. Vriis habitait donc sans doute à Drahal. Cette île était célèbre pour deux choses: les mines de cuivre ou de pierre vert-turquoise et les sorciers, encore appelés paradrouïm.

— C'est ça! s'exclama Rel. La pierre, je m'en souviens – il y en avait des blocs un peu partout sur le rivage. Quant aux sorciers, je ne sais pas comment on les appelait à mon époque. En tout cas, la mère de Vriis s'appelait Tranag.

— Tu as bien dit Tranag? fit Sutherland.

— Oui, je m'en souviens. Si je ne l'avais pas rencontrée, mes amis, depuis longtemps je ne serais plus de ce monde. La langue que je parlais dans ce temps-là, je l'ai complètement oubliée, de même que les noms de lieux. Mais il y a une limite à l'insouciance. Tranag: le souvenir de ce nom, je l'ai conservé envers et contre tous.

— Tranag, tu sais ce que ça veut dire?

— Aucune idée.

— Le mot a traversé les âges jusqu'à mon époque! Tranag est l'un des termes-clés de la philosophie de Vrénalik. Ça signifie contraste, intensité, ou plutôt union entre les contrastes intenses.

— Eh bien, je t'assure, elle portait bien son nom.

—Cette intensité a quelque chose de vivant. Ce contraste a quelque chose de primordial.

—Tu ne saurais mieux dire, Taïm.

Rel fit signe aux organisateurs pour qu'on serve un verre de vin à tout le monde. Comme ils s'étaient entendus d'avance – ce qui était la raison du retard de Rel aujourd'hui – le service fut rapide. Chacun but à la santé de Tranag, sauf les fondamentalistes et quelques autres dont certains, tout de même, prirent un jus de fruits.

—Tranag était grande et vieille, continua Rel. Quand Vriis me présenta, elle lui demanda de s'écarter de moi en déclarant : «Ce type doit coucher avec des filles.» J'ai essayé d'intervenir en disant que coucher avec des filles, je n'y connaissais pas grand-chose. Elle répondit que c'était dommage. Dès lors, Vriis ne me toucha plus. Par contre, nous avons continué à boire ensemble. Ça tombait bien qu'il soit sculpteur, parce que sa mère était extraordinaire de ce côté-là. Il avait atteint l'âge où il fallait qu'il se mesure à elle. Tranag sculptait surtout la pierre noire et grise de l'Archipel. Elle sculptait le jour de grands bas-reliefs qui orneraient les temples ; de nuit elle surveillait ses cuves de bière. Souvent, elle ne faisait rien. Nous sommes restés auprès d'elle longtemps, jusqu'à mon retour aux enfers. C'était envoûtant. Elle avait une présence incroyablement dense. Elle magnétisait l'attention : Tranag, l'intensité des contrastes !

Il prit une autre gorgée de vin et continua :

—Tandis qu'elle continuait à travailler la pierre noire, elle donna à son fils des blocs de pierre vert-turquoise, tellement clairs et vifs qu'on eût dit le ciel condensé avec la forêt. Il était jeune, avide de chevaucher l'allégresse flamboyante émanant de cette pierre qui avait une allure presque vivante. Son esprit un peu fou prenait son envol en même temps qu'il se disciplinait par ce travail exigeant. La pierre noire que Tranag affectionnait, agréable à sculpter, était surtout utilisée pour des frises ou des bas-reliefs. Elle formait l'esprit par un travail de longue haleine, où la régularité et la grâce étaient mises en évidence. Tandis que la pierre verte, extrêmement dure et venant en blocs de taille plus réduite, était travaillée par de jeunes sculpteurs aux mains fortes et à l'inspiration bouillonnante, qui produisaient des pièces uniques, chefs-d'œuvre d'audace et d'émotion. Vriis n'avait plus rien d'un paresseux quand il sculptait.

Rel termina son verre, pensif. Puis il reprit :

—On voyait se déployer en lui une énergie acérée, qui allait droit au but. Ce n'était ni un sorcier ni un brasseur de bière, comme sa mère. Les nuances mystérieuses et les alliages de saveur n'étaient pas ses points forts. Par contre, son instinct des formes et de la matière, déjà aiguisé par le travail à la forge, s'exprimait pleinement en inscrivant des courbes, des arêtes et des fronces dans une pierre qui ressemblait à une flamme verte que rien ne venait obscurcir. Il savait observer le corps et le mouvement d'un animal pour le reproduire, ainsi qu'inventer son propre répertoire de formes, de motifs. Il pouvait tirer parti de la personnalité de la pierre au point que, une fois l'œuvre achevée, on ne le retrouvait plus, lui Vriis, mais seulement

la pierre et le sujet représenté, fondus en une
unité éblouissante. Le feu de forge finit par
s'éteindre, le fer redevient gris et le restera avant
de s'égrener en rouille. La pierre, elle, une fois
façonnée, demeurerait indéfiniment resplendissante et porteuse de messages. C'est ce qu'il
célébrait par ses sculptures. Taïm, tu as quelque
chose à ajouter ?

Sutherland de nouveau contempla la salle animée d'un grouillement plein de souffrance et
d'agression, qui formait un fameux contraste avec
ses souvenirs de l'Archipel. Quel bouleversant
moment que celui-ci, où l'extérieur était évoqué
devant ceux qui croupissaient sous les voûtes de
béton ! Parler de Vrénalik devant des bourreaux,
des sbires, des damnés et leurs entourages ! Il se
redressa de toute sa taille, conscient de la noblesse du sujet qu'il abordait. L'aspect flamboyant
de la pierre vert-turquoise, il le laisserait de côté :
il préférait ne pas renchérir sur ce sujet pour lui
déjà chargé. Autant s'en tenir à des valeurs sûres,
vanter l'extraordinaire pierre noire de l'Archipel,
plus humble et davantage omniprésente, la première à avoir capté son attention de fugitif, jadis.

—Les sculptures des temples, dit-il d'une voix
sonore et un peu brisée, quoi de plus beau ! Il
s'en dégageait une telle impression de liberté !
Au-delà du temps, un tracé dénoué, abandonné à
sa propre force intègre, pour que les générations
qui se succèdent puissent y trouver des raisons de
vivre ! Quand je suis arrivé sur l'Archipel, j'étais
un fuyard, un exilé ayant renié sa famille et son
pays. Avec les lignes des frises, avec cette pierre

noire sculptée, puis travaillée par le vent, la pluie
et les incendies depuis des millénaires, devenue
poreuse avec l'âge, j'ai trouvé la force de renouer
avec la vie. Quelle puissance dans ces silhouettes
presque effacées, venues de la nuit des temps
pour me parler à moi, pour me signifier person-
nellement, intimement, qu'il n'y avait rien à
rejeter, personne à haïr, que ma vie serait longue,
féconde et utile pourvu que je le veuille ! Les
vieilles pierres noires de Frulken, l'antique capitale, m'ont transmis ce message. Bien sûr, plus
tard, une autre ancienne pierre, dont l'intensité
était incroyablement forte, m'a plongé dans la
démence tout en faisant de moi un libérateur.

— Comment était-elle, cette pierre ?

— À toi de parler, Rel. J'en ai assez dit pour
l'instant.

Sentant sur lui le regard allumé de Taïm Sutherland, Rel reprit son récit :

— Ce fut une époque cruciale de ma vie. D'un
moment à l'autre les sbires allaient me tomber
dessus, me brimer pour des siècles. Ce qui les
retardait, je l'ai appris plus tard, c'était le décalage temporel, auquel ils avaient à faire face de
manière plus brutale que moi, qui avais pris tout
mon temps et joué avec la vitesse d'écoulement
des jours avant de partir à l'aventure. Eux, ils
étaient en service commandé. Pas question de
lambiner. Par contre, mal préparés, désorientés, ils
étaient totalement inefficaces. Ils n'ont même pas
pensé à nager pour venir jusqu'à moi, ce qui leur
aurait simplifié la vie. Entre-temps j'étais libre.

Rel sourit avant de continuer :

—Le temps s'était pour moi étiré. Chaque
moment était éternel. Je devenais un de ces éphé-
mères de l'extérieur, qui boivent profondément
aux sources du réel parce que demain tout aura
disparu. Des liens de plus en plus forts, faits d'intuition et de tendresse, nous unissaient, Vriis,
Tranag et moi. Les deux sculpteurs parlaient avec
leurs pierres rebelles et splendides, dans ce monde
neuf, riche, habité par le souffle vivant de la liberté. Ils m'envoyaient méditer à la pointe de l'île,
immobile parmi les goélands, fixant l'horizon
sans rien attendre, dialoguant avec l'espace insondable. Comme sa mère, Vriis gardait sa part
de mystère. Il ne m'expliqua jamais qui l'avait
tourmenté dans sa jeunesse ; cet aspect de lui qui
le rapprochait de moi, il ne m'en parlait pas. En
tout cas, il avait longtemps vécu séparé de Tranag.
À présent réunis, il émanait d'eux une joie fé-
roce. La forge était plus ou moins abandonnée, la
fiancée s'était trouvé quelqu'un d'autre ; nous
formions un trio sauvage. Tranag veillait sur
Vriis et sur moi telle une tigresse sur ses petits.
De nouveau, Taïm, pourrais-tu commenter là-
dessus ?

—Certainement. L'Archipel est vraiment un
lieu où ce genre de situation se manifeste. J'ai eu
comme toi l'impression d'y vivre des moments privilégiés, hors du temps. J'y ai connu des amitiés...
plus que des amitiés, à tel point la communication
était complète.

—Tout à fait. Il y a davantage. Tranag savait
diriger les vents. Quand elle m'installait sur la
roche, visage au sud, au sud-ouest ou à l'est, pour

me faire dégorger ma misère et ma haine comme un concombre dégorge son jus insipide, elle se plaçait parfois à côté de moi, hiératique, devenant une sculpture vive aux mains de jaspe, au visage de bronze. Elle jouait avec le vent. On aurait dit qu'un tourbillon naissait de ses cheveux même. Son corps raidi par les ans était presque minéral, près de la mort. Par contraste, sa chevelure grise semblait vivante, pleine d'énergie, en contact avec le monde, non pour lui donner des ordres mais pour s'unir à lui.

—Ça correspond à mes souvenirs, commenta Sutherland. Les sorciers de Drahal avaient la réputation de pouvoir diriger les vents. En plus, hier tu m'as vraiment surpris en mentionnant une pratique méditative où l'on commence par s'imaginer que l'on s'étend jusqu'à toucher l'univers entier. De mon temps aussi c'était connu, bien que jugé un peu dangereux. Tranag t'avait montré comment faire ? Ça existait déjà de son temps à elle ? Et la danse aussi ? Je t'ai vu danser avec un bras, comme on me l'a appris – moi, à une certaine époque, c'était simplement avec les doigts.

—On m'a montré tout ça. Avec ses copains sorciers, on s'amusait à toutes sortes de trucs. J'étais leur petit dieu de l'océan ; ils étaient mes grands frères, mes grandes sœurs. La moitié des gens de l'île étaient sorciers – un talent local, pourrait-on dire. Je pouvais faire des choses qui leur étaient impossibles ; en retour, ils me donnaient ce dont j'avais besoin, leur affection et leur confiance, en plus de m'apprendre des techniques. À présent, cette époque-là est bien claire dans ma mémoire, presque comme si j'y étais de nouveau. Par contre, du vivant de mes parents, j'avais presque entièrement oublié mon séjour à l'extérieur : j'étais trop terrorisé. Tout ce que j'avais conservé, c'était le souvenir de Tranag.

Il contempla le mur loin en face et poursuivit:

—À côté de Tranag, je m'éveillais aux vibrations de l'univers. Mes yeux d'en arrière commençaient à me servir. Je pouvais voir toutes les directions en même temps. Le vent qui venait d'elle me nettoyait, me faisait pleurer, me faisait chanter. Les rochers plats où nous étions assis étaient des sculptures naturelles. Entre ce qui était fait de main humaine et ce qui avait été poli par les marées, la différence s'estompait. Le vent qu'elle appelait était aussi le vent ordinaire. Volonté et phénomène naturel ne faisaient qu'un. Nous nous fondions dans le cosmos, hors d'atteinte du temps. Je redevenais digne, je redevenais fort, de nouveau j'avais un but et ma vie possédait un sens, parce que j'étais l'enfant de l'univers, mon destin confondu avec le bruit des vagues.

Rel se tut. La salle demeura plongée dans un silence à peine orné de la respiration pénible des damnés. Lame remarqua qu'elle frissonnait. Elle n'était pas la seule. Quelque chose, ici, venait de changer.

Après un moment, Rel indiqua à Sutherland que c'était à son tour de prendre la parole. Ce dernier se leva, s'avança pour se placer à droite de Rel, d'où il voyait mieux la salle, lui faisant complètement face. Son expression bouleversée et sereine était semblable à celle de Rel.

—Vrénalik est un monde gris et vert le jour, bleu et noir la nuit, dit-il d'une voix changée. Il y a du vent, du brouillard, des vagues écumeuses et des rochers. Il y fait frais ou froid à longueur d'année. L'air est plein d'océan, l'océan plein de ciel, le ciel plein d'étoiles, sans mesure. Là, j'ai été libre.

Il s'interrompit, ému. Puis :

—Simplement être là, c'est se pénétrer de beauté et de force. Penser à ce lieu fait surgir la joie et le courage. C'est un espace libre et vaste, balayé surtout par le vent d'ouest ou par celui du sud, qui ont traversé la mer glauque en la faisant rugir de joie. Sur la grève, les rochers anguleux, noirs ou gris, sont luisants d'eau salée. Les pieds y prennent facilement prise et le corps découvre son agilité. Les oiseaux crient d'allégresse en planant sous les nuages qui bougent tels des présages inépuisables. Le vent a un parfum d'iode, de varech brun, d'herbe verdoyante qui ondoie sous la pluie. On est loin au nord, avec l'impression d'être hors d'atteinte du temps. Le feu de l'amour naît de la liberté qui vibre dans les roches, dans l'eau, dans le sel et les buissons. C'est un monde extérieur, orienté vers le dehors, irradiant, déployé sans revenir en arrière. C'est mon pays et ce pourrait être le vôtre. Je ne sais plus s'il existe. Je ne sais plus si je l'invente ou si je l'ai vraiment vu. Je le saisis maintenant, je sais qu'il est là, avec ses dangers et son honneur...

Abruptement, de la main droite Rel saisit la main gauche de Sutherland. Il lui fit signe de se taire. Puis Lame distingua, derrière eux, que la tapisserie se remettait à bouger. Comment Rel avait-il détecté le retour des juges ? Avec ses autres yeux, sans doute : sa manière de se vautrer dans le fauteuil avec l'air d'avoir mal au dos le lui permettait. Pourquoi ne voulait-il pas qu'ils entendent ? Ne leur était-il pas loyal ?

La salle entière avait vu la même chose que Lame. De nouveau, un frisson passa, presque rien, des souffles suspendus, l'expression d'une alliance de fait contre les juges, ceux qui condamnent et font exécuter les sentences.

Le premier, Rel se ressaisit. Il avait lâché la main de Sutherland ; à présent il croisa les bras et prit l'expression énigmatique qui lui était coutumière. Après tout, il avait passé de loin la plus longue partie de sa vie à dissimuler ses convictions et ses sentiments, à craindre le regard des détenteurs du pouvoir. Il venait de céder un instant à la peur dont il avait une longue habitude, mais rien dans son attitude présente n'indiquait s'il croyait cette peur justifiée ou non.

À cet instant, sans prévenir, Lame fut saisie par la terreur. L'attitude de Rel l'avait totalement décontenancée. Son imagination se déploya d'un coup. Abandonnant Vrénalik et ses rivages, elle eut l'impression de plonger la tête la première dans l'incroyable profondeur des enfers et de leur désespoir, non pour les traverser mais pour y rester prise. Jadis, elle avait purgé une peine aux enfers mous, ce qui lui donnait une expérience de la souffrance. Il s'était cependant agi de la souffrance modérée d'une seule personne, qui n'avait pas duré très longtemps. À présent, au contraire, l'expression fermée de Rel, celui qu'elle aimait, déclenchait en elle l'intuition de tout ce qu'elle avait refusé jusqu'alors de ressentir à fond, l'horreur révoltante liée à l'existence même des enfers.

Cette salle-ci ne contenait que des gens apprivoisés, des damnés à la douleur contrôlable, des bourreaux capables de se retenir, des bonnes âmes efficaces. Dehors par contre, s'étendant immensément loin, immensément creux, se déployaient non seulement les huit enfers qu'elle connaissait mais d'innombrables enfers sauvages, mondes glauques, nocturnes et sans retenue, terres rougeoyantes de désespoir, étroites cavernes étouffantes où bourreaux et victimes échangent interminablement leurs rôles sans qu'il y ait place pour une seule pensée raisonnable, impitoyables landes glaciales où la chair se fend sans répit. Tout cela donnait l'impression d'être lourd, inévitable, et de très longue durée.

—Vous le savez, déclara Rel comme s'il avait suivi le fil des pensées de Lame, quand on considère un univers dans son ensemble, l'immense majorité de ses habitants y croupissent dans un enfer ou un autre. Ceux qui échappent à l'existence infernale sont vraiment l'exception. Tôt ou tard, à peu près tout le monde se retrouve à souffrir, par sa propre faute. La plupart des tourments durent extraordinairement longtemps. C'est ainsi. On n'y peut rien changer. À moins d'empêcher les êtres de faire le mal, ce qui est incroyablement difficile. Chacun est responsable de la punaise qu'il écrase, chacun rencontre les incalculables conséquences de ses actes non repentis. Le destin amplifie les fautes non réparées et les transforme en monstres qui s'emparent de nous à notre mort ou plus tard. C'est notre méchanceté et rien d'autre que les juges administrent. Ils ne sont pour rien dans l'existence des enfers. Lesquels existent de toute façon, qu'on y croie ou non, qu'on y aperçoive ou non des juges. Il n'y a pas que sa propre souffrance. Il y a les innombrables portes vers la souffrance des autres, celle qu'on voit et celle qu'on imagine. Il y a tous ces seuils à franchir la tête haute. Libérer les enfers est une tâche impossible ; c'est pourtant la seule qui ait un sens.

De nouveau, Lame sombra dans le désarroi. Loin d'avoir la tête haute, il lui semblait plonger la tête la première dans un gouffre menaçant. Cependant, elle conservait assez de lucidité pour pouvoir comprendre ce qu'elle voyait. Les foules torturées envahissaient sa conscience. La torture qui brisait chaque être n'était que la fleur vénéneuse issue de sa propre malveillance. Sans limite de temps ni d'espace, les damnés s'entassaient, tordus dans leur douleur, dévorés vivants par les hideuses conséquences d'actes idiots qu'ils avaient posés durant la saison de l'insouciance. Bourreaux, bonnes âmes et juges n'étaient que des intervenants falots et optionnels, enclos eux aussi dans leurs mondes limités. Le corps et le tourment de chaque damné étaient entièrement façonnés par la méchanceté et la bêtise dont il avait jadis fait montre.

Chaque corps avec sa manière de souffrir formait une unité solitaire, axée vers sa propre destruction douloureuse, se recréant aussitôt avec

une indomptable énergie. L'univers entier jouait
ce jeu qui ici, dans ces vastes régions infernales
qui regroupaient presque tous les êtres, prenait
des accents claustrophobiques, enfermant chacun
en lui-même sans qu'il puisse ne serait-ce que
rêver d'extérieur, à moins d'en ressentir une souffrance accrue. C'était hideux et en même temps
cela tombait complètement juste, se déroulant sur
une échelle beaucoup plus grande que tout ce
qu'elle avait pu concevoir. Des mondes sans issue
et sans espoir, immensément majoritaires, peu-
plaient les souterrains de l'univers, le rongeant
sourdement, naturellement.

—Ici, nous sommes les privilégiés qui peuvent
voir la situation, ajouta Rel d'une voix blanche.
La plupart des gens s'y refusent. Ce qui annule
pratiquement leurs possibilités d'y échapper, une
fois le temps venu. Bien sûr, voir juste n'est pas
suffisant.

Lame se surprit à trembler de frayeur. Elle
vivait un cauchemar éveillé. La souffrance, la terreur et l'incohérence des damnés devenaient
siennes. Elle n'avait plus accès à la pensée ra-
tionnelle, envahie qu'elle était par une douleur
sans relâche et une peur sans nom.

D'un geste dérisoire, Rel dévoila les hiéro-
glyphes de métal souple incrustés dans la chair
de son bras gauche. Ils luisaient magnifiquement.

—Mon pouvoir est réel, commenta-t-il. Il m'a
permis de rassembler ici une salle pleine de gens
qui m'écoutent. Par contre, il m'est impossible
de pénétrer dans de nouveaux territoires. L'accès
à ceux qui souffrent le plus m'est interdit. Il en

est de même pour vous, sans doute, à des degrés divers. Nous pouvons faire du bien, par contre notre efficacité est restreinte. Là non plus, ce n'est pas la faute des juges, mais des œillères que nous nous sommes imposées. Essayons au moins d'y voir clair, ce sera toujours ça.

De nouveau, le cauchemar raffermit son emprise sur l'esprit de Lame, un cauchemar lucide où l'horreur la plus atroce tombait pile et était pour cela à peu près indélogeable. Les fondations de l'univers plongeaient dans la douleur de la plus abominable confusion. Il ne s'agissait pas là d'une quelconque vision théorique, mais d'une réalisation qui lui venait de la sensation même qu'elle avait d'exister. Les paroles de Rel lui indiquaient une vision du monde qu'elle connaissait depuis toujours, sans que personne ait auparavant osé la décrire en des termes qu'elle ne pourrait s'empêcher de comprendre. Ces insondables étendues de chaos et de douleur avaient de tout temps fait partie de son paysage intérieur.

Autour d'elle, elle percevait des mouvements. Les damnés, les bourreaux et les autres se mettaient à bouger, sans doute pour tenter d'échapper à l'horreur des visions évoquées. Sans que nul aille jusqu'à sortir, des gens se levaient ; il y eut des étreintes désespérées, des exclamations fougueuses et indistinctes. Ce qui était évoqué dépassait les limites de la décence, même pour cet auditoire-ci. Il fallait un exutoire à la rage impuissante face au désastre universel. Quant à elle, Lame demeurait immobile, sa posture figée reflétant celle de Rel qu'elle fixait, incapable cependant

d'espérer de sa part le moyen d'échapper à ce qui
se déclenchait en elle. Derrière lui, la tapisserie
noir et or frémissait de nouveau, cette fois comme
agitée par le fou rire d'une ironie amère. L'angoisse qui régnait dans la salle était à peine tolé-
rable, amplifiée par les hoquètements de l'étoffe
ténébreuse.

Comme plus tôt, Rel considéra Sutherland à sa
droite. Celui-ci demeurait calme, peu affecté par
l'atmosphère. Après tout, c'était un juste ; le lieu
où il se trouvait, quel qu'il fût, lui semblait donc
harmonieux et stable.

Rel, ouvrant la main gauche dans sa direction,
inclinant légèrement la tête tout en continuant à
le regarder, l'invita à répondre.

Taïm Sutherland s'approcha alors de la tapisserie et la contempla. Sa chevelure rousse et son
profil blanc apparurent contre la noirceur palpitante. D'une main osseuse, aux doigts longs, il
lissa le tissu qui était velouté par endroits et
soyeux ailleurs. L'attention de tous se porta alors
sur les motifs de ce tissu à la texture mystérieuse,
soudain plus évidents. À part les épées d'or, bien
verticales, longues et semblables, on distinguait
des rythmes dans le tramé noir, des envolées et
aussi des zones enchevêtrées, indéchiffrables.

À pas très lents, Sutherland parcourut la largeur de la tapisserie, l'examinant avec la plus
profonde attention, suivi en cela par le reste de la
salle, qui calmait son angoisse à le regarder. La
tapisserie, très doucement flattée par Sutherland,
ressemblait à l'encolure luisante d'un cheval noir
qui vient de terminer une longue course. D'ailleurs,

Lame pouvait distinguer la voix chaleureuse de Sutherland en train de chuchoter quelque parole apaisante. Son handicap, qui lui interdisait de prendre part à la douleur, il avait su le tourner à son avantage, car il lui permettait maintenant d'entrer sans crainte en contact avec les forces de la justice de l'univers, usées et aigries par le spectacle d'incalculables siècles d'errements aboutissant à la situation présente. Pendant un moment, sa silhouette à la peau blanche et aux vêtements ardoise forma un motif de plus, mobile, évoluant le long de la grande tapisserie universelle.

Puis, avec recueillement, étendant les bras il la saisit des deux mains. Comme la tringle à laquelle elle était suspendue n'était que posée sur deux appuis, d'une forte secousse il la décrocha. La tringle et les anneaux de laiton massif frappèrent le sol de pierre. Le fracas fut suivi du bruit mou que fit le tissu épais, s'abattant en plis cassés. Dans la salle, tout s'arrêta. Là où la tapisserie s'était déployée s'élevait l'étendue nue, sans faille, du mur immobile.

—Ceux qui décident, déclara Sutherland, sont ceux qui prennent la parole. Les autres n'ont pas à dominer la situation. La vie appartient à ceux qui dansent avec, pas à ceux qui les jugent.

Imperturbable, Taxiel aida Sutherland à plier la grande tapisserie, qu'ils rangèrent sur une chaise avec déférence.

—Libérer les mondes, j'ai ça dans le sang, commenta Sutherland. Il me faut un visionnaire – il indiqua Rel ; il me faut des compagnons – il indiqua les personnes présentes, ainsi que la tapisserie pliée. Je n'ai pas de méthode. Parfois, ça marche. Rel veut libérer les enfers en commençant par une promenade à l'extérieur ; lui non plus, sans doute, ne saisit pas pourquoi mais, en ce qui me concerne, il occupe la bonne position pour que sa décision soit respectée. Ces questions sont trop vastes pour y appliquer une stratégie consciente. On procède par passion.

— Tout à fait, renchérit Rel. Encore plus profond que l'enfer, il y a le vide. Aussi intense soit-elle, la souffrance n'a rien d'ultime. Aussi longtemps qu'elle puisse durer, la peur n'a rien de définitif. Il y a une fin à l'épouvante : elle s'achève dans le vide.

Il se leva et se mit à marcher de long en large, en regardant tout le monde.

— Vous voulez savoir le fond des choses ? continua-t-il. Voici : rongé ou non, damné ou non, l'univers repose dans l'espace insondable. Le désespoir n'a rien d'éternel. Horreur, désespoir et douleur sont presque universels, presque infinis, presque invincibles. À cause de ce « presque », de cet interstice ouvert, de cette faille impossible à combler, la bonté peut tout vaincre.

Puis il se tourna vers la droite :

— Lame, qu'en dis-tu ?

— C'est mignon. Mais comment ce principe s'applique-t-il au récit de ta vie ?

Il reprit son siège pour expliquer :

— Une partie de mon cœur est demeurée dans ce pays que Taïm appelle Vrénalik, auprès de la sorcière Tranag, qui m'apparut comme l'union

des contraires dans la tendresse. C'est vrai que
nous avons fait l'amour, c'est vrai que je l'ai
aimée. Cela m'a donné la force de survivre pendant toute l'étendue d'horreur qui s'est déroulée
ensuite. Jusqu'à ce qu'à ton tour, Lame, tu me
sauves la vie, tu me rendes à moi-même alors que
j'étais sur le point de sombrer. Deux femmes
dans ma vie, aussi mystérieuses l'une que l'autre,
aussi précieuses.

—Certes, répondit Lame avec un sourire en
coin. Et?

—Tranag, la première femme avec qui j'ai fait
l'amour, était à la fois impressionnante et accessible, stable et légère. Quand nous sommes devenus amants, j'avais peine à le croire. Ce que je
ressentais dépassait tout ce que j'avais espéré.
Tranag me donnait accès à l'infini. Elle me montrait mon absence de limites. Grâce à elle, il me
semblait retrouver mes ailes perdues. Jamais je
n'aurais imaginé qu'elle pût ouvrir en moi tant de
profondeur. C'était une magicienne avant tout,
une sorcière, qui comprenait et même incarnait
l'espace. Elle m'a fait découvrir l'éclair d'espace
qui pénètre au plus profond des enfers.

Il se leva pour s'approcher de Lame:

—Je veux que tu comprennes. Dès lors, l'é-
clair de son amour ne pouvait cesser de raviver
mon cœur, malgré les siècles et tout... le reste.
Voilà pourquoi je veux retourner là-bas, peu importe dans quel état je retrouve le pays! Ma dette
de gratitude, il faut bien que je la paie quelque
part! Ils sont en guerre dans ce monde-là; la
guerre, c'est un peu comme l'enfer. Si l'enfer

déborde jusqu'aux îles océaniques, vertes, noires et venteuses, qu'a bien décrites Sutherland, ça ressemblera à chez nous, rien de plus !

Sixième journée, la terrasse

Rel, Lame et un groupe de leurs amis se promenaient sur la terrasse dominant les enfers chauds. C'était le matin. À leur gauche, en bas, jusqu'au lointain, des millions de damnés muets se tordaient dans les flammes fuligineuses, qui émettaient une fumée noire. Impossible de se détendre en leur présence, car ils ne pouvaient s'habituer à leur douleur, même après des milliers d'années. Pour eux, l'éclair de liberté luisait bien faiblement, ils souffraient trop pour savoir s'en servir. À la droite de Rel et de ses compagnons s'élevaient des édifices, avec la salle où il reprendrait son récit plus tard. Devant eux, au bout de la terrasse, le chemin menait jusqu'à la porte vers les enfers tranchants et, au-delà, les mous, les empoisonnés, les froids, sans compter les mondes extérieurs.

Sur ce chemin, justement, entouré de damnés bondissants, un groupe de Sargades s'avançait lentement vers eux. Leurs coiffes extravagantes et leurs vêtements clairs contrastaient avec le ciment noirci brusquement éclairé par les flammes irrégulières en contrebas. Parmi eux, à l'avant du côté de la plaine infernale, Rel reconnut Tchi, un ancien sbire faisant partie de la suite d'Aube. Comme il avait été longtemps l'amant de Rel, celui-ci lui envoya la main. Tchi répondit, mais d'un geste un peu las. Il semblait soucieux et jeta un coup d'œil à sa gauche, vers le bas, indiquant un objet ou plutôt un être qui, au milieu du groupe, en ralentissait la marche. Peut-être un gros chien.

On distinguait maintenant un quadrupède, boiteux ou entravé, aussi gris qu'un Sargade. Pourtant il n'y avait pour ainsi dire pas d'animaux en enfer. Qu'était cette créature bizarre ? Il était tenu en laisse. On lui donna un coup de pied qui le fit vaciller. Lame en fut révoltée. Elle n'aimait pas beaucoup les Sargades, hormis bien sûr son grand ami Séril Daha, assassiné par les siens ; ce geste ne contribuait pas à les lui rendre plus sympathiques. S'agissait-il d'un damné emmené ici pour passer à l'étape suivante, celle de la rééducation complète ? Peu probable : damnés et Sargades vivaient presque en symbiose, le bien-être des uns étant indissociable de celui des autres. Qu'ils accompagnent ici un damné était possible, mais qu'ils le malmènent était fort improbable.

Ils arrivèrent tout près. Le quadrupède était couvert de boue, la boue des enfers froids sans doute ; c'est ce qui le rendait gris. Lame se figea d'horreur : sous la couche craquelée par endroits apparaissaient des vêtements beiges qui l'identifiaient comme un Sargade. Ses pieds étaient nus et blessés, ce qui le contraignait à marcher à quatre pattes. Ses genoux et ses mains étaient meurtris. Ses cheveux et son visage étaient recouverts d'une boue épaisse qui, masquant ses traits, lui bouchait les yeux.

Sans plus attendre, Lame tourna les talons et revint vers l'édifice où elle logeait. Elle, qui pourtant avait vu bien des tourments, se sentait bouleversée, ayant l'impression de se trouver devant une méchanceté gratuite et non un de ces châtiments supposément mérités qui étaient expiés sur une grande échelle ici. Quitter Rel et le reste du groupe avait été instinctif. Par contre, tandis qu'elle marchait, elle reprenait ses esprits : elle pourrait ramener une cuvette d'eau et des serviettes pour que ce type se nettoie au moins la figure. Il lui avait semblé sentir le regard ironique des Sargades devant son désarroi. En offrant un geste de sympathie à ce prisonnier en laisse, peu importe qui il était, peu importe ce qu'il avait fait, elle montrerait dans quel camp elle se situait et n'en avait pas honte.

Quelques minutes plus tard, elle rejoignit donc le groupe. Sans même s'annoncer au prisonnier aveugle, s'agenouillant près de lui, elle se mit à le débarbouiller. Il en eut l'air intensément surpris. Elle lui fit saisir la serviette pour qu'il continue à son rythme. Lui prenant doucement la main, elle lui indiqua le plat d'eau. Puis elle se releva. Rel avait un air sombre. Certains Sargades semblaient embarrassés, d'autres conservaient l'attitude ironique qu'elle leur avait vue plus tôt. Tchi, face à Lame, la regardait avec effarement. Comme ils se connaissaient assez bien, elle n'hésita pas à lui demander ce qui se passait. Il prit son temps pour répondre, lui qui était pourtant d'un naturel direct. Indiquant le jeune homme accroupi qui tentait de regagner un peu la vue et l'ouïe en se nettoyant, il dit :

— C'est l'assassin de Séril Daha.

— Tu le savais ? répondit Lame, furieuse.

— Je viens de l'apprendre. Je pensais qu'il s'agissait d'autre chose. Les Sargades gardent leur justice pour eux ; c'est leur droit. Ils ne m'ont pas mis au courant.

Lame se demanda si elle donnerait à son tour un coup de pied au type qu'elle venait d'aider. Non : ce serait perdre la face.

— Avez-vous des preuves ? demanda-t-elle plutôt.

Rel lui indiqua un document juridique qu'on venait de lui remettre.

— Et que fait-il ici ? poursuivit-elle.

— Il est passé aux aveux avec ses complices, déclara un Sargade. Lui seul était mineur lors de l'assassinat. Les autres, on les a bannis dans un monde extérieur où ils ne feront pas long feu. Lui, en raison de son âge, aura sa chance : on le bannit auprès de Rel s'il veut de lui, sinon il ira rejoindre les autres. C'est conforme aux lois infernales.

— Comment l'avez-vous découvert ?

— Il suffisait d'y penser : après toutes ces années, les assassins de Séril Daha n'avaient toujours pas de grappe. Les damnés sont des êtres d'instinct ; ils ne s'approchèrent jamais de ceux qui avaient tué Séril Daha, l'homme qui avait transformé leur vie. Maintenant que nous connaissons bien les damnés et qu'ils sont nos compagnons de vie, nous comprenons cet instinct et nous savons en tirer parti. Au début, nous trouvions qu'un Sargade sans grappe avait beaucoup de chance : une grappe de damnés qu'on traîne partout, c'est tout de même encombrant. À présent, nous savons qu'un Sargade sans grappe a quelque chose de grave à se reprocher.

—Tu as assassiné Séril Daha ? demanda Lame au type qui achevait de se nettoyer la bouche.

—Je l'aimais et il ne voulait plus de moi.

À côté de Lame, Rel recula d'un pas. Tchi écarquilla les yeux. Certains Sargades gloussèrent de rire. Ainsi, c'était un crime passionnel !

—C'est toi qui as ouvert la porte, accusa Lame.

Elle se souvenait d'avoir trouvé entrouverte la porte de l'appartement de Séril Daha, avant de découvrir le peintre gisant dans son sang.

—Il m'avait donné la clé, dit l'autre. Je l'avais gardée en souvenir. J'ai ouvert aux autres, ceux qui le détestaient à cause de sa sympathie pour les damnés. Ils m'avaient repéré. Nous faisions cause commune.

—Et tu t'es caché depuis ce temps-là !

—Facile : personne ne cherchait de mon côté. La vie sexuelle d'un martyr national, même ambigu, ça effraie bien des gens.

—Tu as donné des coups de couteau à Séril Daha ? poursuivit Lame.

—Je ne le ferais plus, pour toutes sortes de raisons. Par contre, oui, je lui en ai donné, et avec plaisir.

Elle regarda Rel, qui était pâle.

— Vous le prenez ou on le ramène ? demanda un Sargade à Rel.

— Je le garde pour le moment, répondit Rel. Je pourrais vous le renvoyer un jour.

Il fit signe à Taxiel :

— Qu'on l'enferme. Qu'on le soigne. Qu'on le nettoie. Qu'il se repose et ne manque de rien. Ne lui enlevez pas sa laisse.

Tandis que les Sargades s'éloignaient et que Taxiel allait chercher de l'aide, Rel se pencha vers le jeune homme :

— Tu seras bien traité, mais il te sera impossible d'oublier. Je te donne un nouveau nom. Tu t'appelles Meurtrier. Tout le monde saura ce que tu as fait. Tu côtoieras souvent mon épouse et mon garde, Lame et Taxiel, celle qui vient de te donner de l'eau et celui qui est allé avertir l'infirmerie. C'étaient les deux meilleurs amis de Séril Daha ; ce seront désormais tes voisins et tes bienfaiteurs. Si tu leur fais des remarques cyniques, si tu causes le moindre ennui, je te renvoie aux enfers froids où l'on disposera de toi. Tu seras à mon service. Quiconque te malmène aura affaire à moi. Ta tâche actuelle, c'est de guérir. On verra ensuite.

Il se tourna vers Lame :

— Je compte sur toi ?

Il la prenait au dépourvu. Devant tout le monde, elle n'oserait pas rechigner. L'épouse de Rel devait donner l'exemple. Elle hocha la tête.

— Pour le moment, précisa-t-elle.

Taxiel revint avec une civière, accompagné par deux préposés de l'infirmerie. Ils aidèrent

Meurtrier à s'y installer. Malgré sa morgue, le jeune homme avait l'air mal en point.

—S'il va mieux, il pourra venir m'écouter cet après-midi, dit Rel. Mais sa priorité, c'est de guérir. Ne le laissez pas s'échapper, surveillez-le, attachez-le si nécessaire. Par contre, soyez aimable avec lui. Donnez-lui des livres à lire, de la musique à écouter, qu'il mange ce qu'il aime, faites-lui la conversation, montrez-lui l'enregistrement de notre session d'hier, n'importe quoi qui lui plaise. J'irai le voir ce soir.

Sur ces entrefaites arriva Sutherland, qui demanda ce qui se passait. En le lui expliquant, Lame se mit à pleurer. Il la prit dans ses bras. Rel s'éloigna, impénétrable, longeant le bord de la terrasse, regardant la nappe de flammes des enfers chauds comme si c'était l'océan de Vrénalik.

Histoires d'horreur

Devant la salle pleine, Rel s'assit et garda le silence.

— Aimerais-tu qu'on raccroche la tapisserie ? demanda Taïm pour le mettre à l'aise.

Rel fit signe que non. On était en début de soirée. Meurtrier était devant lui, à côté de Taxiel qui gardait un œil sur lui. Meurtrier était dans un fauteuil roulant, le visage orné de sparadraps, pieds et mains enveloppés dans des pansements. Mais il n'était pas trop pâle. Ses yeux encore rougis par la boue fixaient Rel.

— Mes amours avec Tranag n'ont pas duré longtemps, dit Rel, se décidant à reprendre son récit. D'une part elle flétrissait à vue d'œil, d'autre part les sbires de mon père convergeaient finalement vers moi.

Il s'interrompit et tenta de s'en excuser, s'embourbant davantage :

— C'est très difficile pour moi d'évoquer ces choses-là. Premièrement, je n'ai pas envie de froisser Taxiel, qui était le chef des sbires. Nous nous sommes déjà expliqués là-dessus, je ne voudrais pas avoir à y revenir. Deuxièmement, cette époque-là fait surgir en moi une telle haine de mon père, que je voudrais encore le tuer...

Le silence tomba sur la salle.

—Tu n'as pas besoin de parler de tout ça, suggéra Lame. Personne n'exige de toi un récit complet.

Rel fixa Meurtrier :

—Qu'en dis-tu ? lui demanda-t-il.

—Les amours ne durent jamais longtemps, répondit l'autre d'une voix cassée. Et puis, vouloir tuer... même toi, tu as connu ça ?

—Oui, répondit Rel. Il a détruit mes meilleurs amis. J'ai voulu le tuer. Taxiel, tu permets que j'en parle, n'est-ce pas ?

Taxiel hocha la tête.

—Tu peux sortir si tu veux.

—Pas cette fois-ci, répondit le sbire.

Rel rassembla ses pensées et commença :

—J'étais à... Drahal, comme dit Taïm, quand un jour j'ai senti une vibration dans mon bras gauche. Les sbires de mon père se rapprochaient. Les jours de bonheur étaient comptés. J'ai averti Vriis, Tranag et tous mes amis. J'ai passé plus de temps près des goélands. Chaque jour, le bras me piquait un peu plus. Ça ne faisait pas mal. Ça ne m'empêchait pas de dormir. Ce qui m'empêchait de dormir, c'était l'avancée des sbires.

—Inexorable ? demanda Meurtrier.

—Oui. Il ne servait à rien de se battre, ni de fuir. C'était la fin.

—J'ai vécu une situation semblable, dit Meurtrier. J'ai ouvert la porte aux autres, pour aller tuer Séril Daha. C'était la fin, pour moi aussi.

—Oui, reprit Rel. Sauf que moi, Tranag m'aimait.

—Cette vieille flétrie?

De toute évidence, il avait écouté l'enregistrement de ce qui précédait et s'était fait son opinion.

—Tu ne sais pas ce qu'elle représentait pour moi, répliqua Rel. Pendant l'avancée des sbires, elle continuait à sculpter la pierre noire. Elle était tellement belle, tellement farouche! Je ne voulais pas qu'ils la voient. Les gens des enfers n'avaient pas le droit de la voir. Elle ne leur appartenait pas. Le monde des juges n'était pas le sien. D'emblée, elle se situait au-delà.

—Tu parles!

—Bon, mettons que j'étais amoureux.

—Moi aussi, je l'étais. Séril Daha était le plus grand des peintres. Sa servante – ta femme – le sait. Elle m'a vue nu sur ses encres privées. Elle sait que j'ai le corps d'un dieu, immortalisé par ce sale type.

—Tu l'as déjà tué. Tu n'as pas besoin de l'insulter en plus: c'est de l'acharnement.

—D'accord, Rel. Mais je vois bien dans tes yeux que tu me désires!

Un ange passa.

—Bref, dit Rel à qui cet échange avait fini par rendre sa vivacité d'esprit, les affreux avançaient et nous faisions de notre mieux pour ne pas nous énerver. J'ai réussi à convaincre tout le monde d'aller se cacher dès qu'ils seraient en vue. Pas question d'essayer de résister à un sbire infernal. Quant à moi, j'étais résolu à laisser les choses suivre leur cours. Et la belle, la très belle Tranag, m'armait psychologiquement pour ce qui allait suivre. Lame?

—À t'entendre, on dirait qu'il faut de la baise pour acquérir de la sagesse. Les pauvres types et les pauvres filles qui ne se trouvent pas de partenaire sorcier ou génial sont-ils condamnés à la bêtise? Pourquoi faudrait-il que la sagesse, contact privilégié avec l'univers, passe par un contact érotique avec une espèce d'initiateur? Je comprends que ç'ait été ton expérience, mais, franchement, n'y a-t-il pas d'autre voie?

—Qu'en penses-tu, Taïm?

—Tu as raison, bien sûr, Lame, répondit celui-ci. Ceux qui m'ont éveillé au monde, c'étaient des hommes. Il n'y avait rien d'érotique entre nous. Il faut un contact, on ne peut pas tout découvrir seul. Par contre, on peut se rendre vraiment loin sans aide. Cette aide, si elle survient, n'a pas besoin d'être passionnelle. Telle est mon expérience.

—Qui étaient tes maîtres?

—Mon père, mort quand je n'étais qu'un enfant, m'a appris la dignité. Le sorcier Ivendra a cru en moi. L'empereur Othoum m'a montré à déployer mon pouvoir sans en avoir peur. Ces trois hommes, je ne les ai pas connus intimement. Je leur dois pourtant d'avoir fait quelque chose de ma vie.

—En effet, reprit Rel, ce qui vaut pour moi ne vaut pas pour tout le monde. Par contre, sur le plan poétique, ce qui vaut pour moi vaut pour quiconque le désire: chacun peut se voir à la fois homme et femme, haïssant et adorant ses parents, ses ancêtres, qui sont des dieux ou des démons. En ce sens, mon récit n'est pas qu'un simple tissu d'anecdotes. En ce sens, l'amour et la sagesse de Tranag vous appartiennent, pour peu qu'ils vous touchent.

— Que faire si on ne désire personne ? demanda Taïm Sutherland.

— Continuer son chemin seul.

— Et que faire si on nous en demande trop ? s'enhardit Sutherland.

— Je t'en demande trop ?

— Pas à moi, mais à Taxiel et à Lame, en leur imposant la présence de Meurtrier dans ton entourage. Ce jeune homme a tué leur meilleur ami. Qu'ont-ils fait de mal pour devoir supporter son voisinage, sous contrainte d'être responsables de sa mort s'ils demandent son renvoi ?

— Tu les crois si fragiles ?

— Ils n'ont pas connu Tranag, eux.

— Que suggères-tu ?

— Les limbes pourraient peut-être accueillir Meurtrier.

— Peut-être. Il faudra reparler de tout ça.

— Bien. Et j'ai autre chose à te dire.

Sutherland se leva. Se tenant droit, il avait soudain cependant une allure étrange, vraiment nouvelle à moins qu'elle ne fût tout à fait ancienne, venant de ses plus lointains souvenirs.

— Rel, dit-il, tu connais le pays où nous voulons aller. Pour y parvenir, nous devons être unis, sans tension superflue. C'est un lieu difficile d'accès, si on veut le comprendre dans toute sa profondeur. Il est à tout le moins meurtri, peut-être carrément disparu. Ce que tu peux faire en le retrouvant, c'est lui redonner son sens.

—Redonner un sens ? Je n'ai jamais simplement compris qui j'étais ! Le saurais-tu mieux que moi ?

—Poursuis ton récit pour confirmer ma pensée. Plonge-nous dans la zone impressionnante entre le rêve et l'éveil.

—Qui t'a montré à parler de la sorte ? D'où vient cette méthode ?

—Du sorcier Ivendra. Accéder au but d'abord par le rêve et la poésie, afin de pouvoir ensuite l'actualiser dans le concret. Parle ! C'est toi le plus fort. Je ne suis qu'un conseiller. Tu détiens la parole qui libère même si elle fait mal. Nous pouvons l'accueillir, nous sommes assez forts, nous aussi.

En réponse, Rel fit un signe vers le fond de la salle. Un des grands oiseaux-bourreaux des enfers tranchants s'approcha, aussi grand que Taïm Sutherland. Même si ses plumes étaient blanches, son bec était encore ensanglanté par son plus récent repas.

—Tryil, lui demanda Rel, je connais la précision de ton talent de télépathe et la puissance de ton intelligence. Dis-moi, que sais-tu de tes ancêtres ?

—Ils venaient de là-bas, cria l'oiseau dans l'esprit de toute l'assistance.

Ces oiseaux ne parlaient pas, mais c'étaient des télépathes émetteurs et récepteurs. À l'imprécision de la réponse, étonnante chez Tryil, se joignait une émotion intense, faite de ressentiment et de nostalgie.

—Là-bas? l'encouragea Rel.

—Comme ton copain l'a dit. Vrénalik, je me souviens de ce nom-là. Les Sargades nous ont dit un jour que notre pays d'origine s'appelait Vrénalik. C'était avant qu'ils perdent leur porte qui les y menait. Vrénalik. Le lieu interdit parce que nous sommes devenus trop horribles. Il y avait la mer verte, il y avait le vent, vous l'avez dit. Mes ancêtres les ont bien connus. Mais je suis condamné à faire souffrir au lieu d'être libre.

—Qui t'a condamné?

—Certainement pas toi, Rel. Ton père, oui. Tu voulais tuer ton père, Rel, et tu voulais l'aimer. Je te comprends de vouloir l'incompréhensible. Mais y parviendras-tu? Nous, nous sommes perdus à la liberté. Plus jamais le ciel, plus jamais la mer.

—Non!

—Tu es puissant, Rel. Mais ta puissance ne s'étend pas jusqu'à notre damnation.

La pensée désespérée du grand oiseau tortionnaire pénétra tous les esprits, aussi tranchante que son bec effilé.

—Qu'est-ce que tu en sais? cria Rel en se dressant sur son siège. Reste ici et écoute. Comment oses-tu croire que tout est perdu?

Il regarda la salle, scrutant les visages en commençant par celui de Meurtrier.

—Pour qui vous prenez-vous? reprit-il. Au premier crime commis, vous vous croyez irrécupérables, indignes d'agir! Au voisinage du premier assassin, vous vous sentez pollués ! Regardez-moi : j'ai mené mes parents au bûcher et je suis toujours au poste. Je ne dis pas que vous devriez m'imiter sur ce point mais, quand même... On est en enfer, ici, réveillez-vous ! Des bavures, des gestes impulsifs, des meurtres, vous en commettrez, vous en verrez, vous en serez complices et si ça vous fait perdre vos moyens, pourquoi êtes-vous ici ? Non, je vous connais trop : votre désespoir, je n'y crois pas. Vos supposées limites ne m'impressionnent pas.

—Franchissons-les, suggéra Taïm.

QUINTESSENCE DE SPLENDEUR

Assis sur les rochers à la pointe sud-ouest de Drahal, le jeune Rel regarde la mer. Les goélands sont autour de lui, nez au vent. Rel est assis dans une position que Tranag lui a enseignée ; il s'est même attaché un morceau de tissu autour des tibias et du dos pour pouvoir garder sa posture plus longtemps. Il commence à sentir une tension dans le cou et dans les jambes ; son attention demeure sur ces endroits de son corps qui ne sont pas confortables. Plus que jamais, il a envie de se redresser pour s'enfuir.

Son regard est fixé sur l'horizon, comme Tranag le lui a appris. Le soleil est en train de se coucher ; il regarde vers le sud-est. Au loin, il vient d'apercevoir un point. Certainement le bateau des infernaux lancés à sa recherche. Ils seront ici demain. Il ne lui reste plus qu'une demi-douzaine d'heures de liberté, dans une vie qui comptera des milliers d'années.

Tranag et Vriis viennent s'asseoir à côté de lui et contemplent le point qui s'avance lentement sur l'eau illuminée. Plus tard, ils feront comme les autres habitants de l'île : ils iront se cacher, pour que Rel rencontre seul ceux qui l'emmèneront loin du lieu où il est heureux.

—Tu n'emporteras rien d'ici, dit Vriis, c'est entendu : ce que tu aurais sur toi te serait volé pour devenir une source de malheur. Par contre, tu pourras laisser ici un souvenir.

—Par exemple ?

Vriis se lève et prend, derrière lui, un gros bloc de pierre vert-turquoise qui lui emplit les bras. On dirait qu'il tient une gerbe d'océan condensé, une sorte de quintessence de la mer qui écume autour d'eux. Ses beaux yeux noirs regardent Rel au-dessus de la pierre. Rel le considère.

—Ça, un souvenir de moi ? Ce n'est même pas moi qui l'ai trouvé mais toi-même, l'autre jour, après la tempête.

—Pose la main dessus, Rel. Prends-le près de toi, cette nuit. Pour qu'il absorbe ton odeur, ta personnalité, ta force.

—Je ne sais pas si je le devrais. Je crois que tu as deviné d'où je viens. Ce que je transmettrais à cette pierre, ce ne serait peut-être pas moi, mais une horreur qui me dépasse.

—Dans ce cas, tant mieux, intervient Tranag. Laisse-les ici, ces horreurs, elles n'ont plus besoin d'alourdir ton cœur. Tu retournes là-bas non pour y être asservi, mais afin de survivre jusqu'au jour où tu seras libre, où tu pourras donner à ton tour la liberté. Ne discute pas. Tu as été discret, mais nous savons écouter. Si les horreurs de l'enfer viennent pervertir ce monde-ci, il peut le supporter. Donne-nous tes cauchemars, on leur fera un sort.

On paiera le prix. Toi, tu dois survivre. Tu as quelque chose à réaliser dans ton pays natal. Si on peut t'y aider en te délestant le cœur, tant mieux pour l'univers entier.

—Si je me laisse vraiment aller, ce sera terrible.

—Et si tu te retiens, tu n'auras plus la force de résister, une fois là-bas. Ne crains rien pour nous : notre liberté existe au-delà des terreurs de l'enfer.

Les autres sorciers et sorcières de Drahal s'approchent alors, chargés de bois sec, s'installant parmi les oiseaux, drapés dans leurs manteaux sombres, parfois coiffés de plumes. Ils sont bien une cinquantaine, crépusculaires et puissants, silencieux, attentifs. Tranag ceint la tête de Rel de sa propre couronne de sorcière, en cuivre décoré de plumes vertes et noires. On allume des feux autour de Rel. Vriis lui installe le bloc de pierre dans les bras. On s'assoit autour de lui, pour l'assister et l'encourager tout au long de la nuit. Parfois il parle, parfois il gémit, parfois il crie. Il lui semble que la mer et le vent crient avec lui. Les oiseaux le font, eux, certainement. Il ne lâche pas ce qu'il embrasse, il ne quitte pas sa posture. On lui donne du vin pour qu'il parle encore plus, qu'il pleure, qu'il se défasse de son passé.

On rend les feux bien clairs pour qu'ils absorbent les ténèbres affreuses qui émanent de lui. On lui parle aussi. Vriis lui masse le dos et l'embrasse en pleurant un peu. Tranag, à la fin de la nuit, se place juste devant lui pour qu'il puisse la regarder. Voilà la femme qu'il aime. Plus que tout, il veut emporter son image avec lui, maintenant qu'il se sent vidé, tremblant, effrayé par l'écho de sa propre voix. Il ne desserre pas son étreinte pour lui caresser les cheveux, mais elle les lui passe sur le visage et il croit s'évanouir de bonheur.

Au lever du jour, très doucement Vriis retire le bloc de pierre des bras meurtris de Rel, sans toucher de ses mains nues la surface de la roche, l'enveloppant plutôt dans une couverture de feutre. Il se retire après un dernier adieu. Les autres font de même. Tranag demeure seule avec lui. Délicatement, elle le détache, lui enlève la couronne de cuivre, l'aide à s'étirer et lui sert un dernier repas. Les autres sont partis, sauf les oiseaux, impossibles à décourager. Le bateau infernal est bien visible ; on aperçoit des silhouettes cauchemardesques sur le pont. Les braises des quatre feux fument encore, enveloppant Tranag et Rel d'une fumée odorante et sauvage. Ils s'enlacent. Se relevant, ils voient que, tout autour d'eux, les rochers sont couverts d'une suie épaisse et que l'eau était noire.

—Beau travail, déclara Tranag. Comment te sens-tu ?

Rel tient à peine debout.

—Transparent ! répond-il.

—Bon. Ils s'occuperont de ton corps là-bas, ils le soigneront ; leur méchanceté ne se situe pas à ce niveau. Quant à ton esprit...

Selon la tradition des sorciers de Vrénalik, sans avertir, Tranag donne à Rel une paire de gifles qui l'envoie à terre. Elle se campe devant lui :

—Mon esprit est plus fort que le tien, déclare-t-elle. Mais là-bas, personne ne pourra t'abattre.

C'est ma force que tu viens de recevoir. C'est à toi que je l'ai donnée, à personne d'autre. Tu es mon élève, mon honneur. Tu sauras te cacher, ruser, oublier. Tu sauras que, dans le fond, tu es toujours le plus fort. Parce que tu as ma confiance. Je serai morte depuis des siècles, ma confiance sera toujours vivante en toi.

Rel se relève, les joues en feu, un tourbillon de puissance à la place de toute pensée.

Ils se saluent. Il reste seul avec les oiseaux, à regarder l'horreur approcher, voguer sur la mer calme et noircie. Quand les infernaux mettent à l'eau une chaloupe, sans crainte Rel nage à leur rencontre. On le sort boueux des eaux ténébreuses. La chaloupe revient vers le bateau autour duquel les oiseaux se sont déjà mis à tourbillonner. On lui permet de se débarbouiller un peu avant de lui lier les mains, de l'entraver et de lui couvrir la tête pour prévenir toute tentative de fuite. Sous son capuchon, il sourit. Les envoyés des enfers n'ont pas foulé le sol de l'Archipel. La transparence de son être n'est pas affectée par la saleté de son corps. Restent les oiseaux.

Son récit terminé, Rel regarda la salle. Les pensées lucides de l'oiseau Tryil pénétrèrent les esprits :

—Mes ancêtres t'ont été loyaux à ce point. Rien ne sert de vouloir retourner dans leur pays : il n'existe plus. Même s'il existait, nous n'y serions pas adaptés. Toi, tu peux encore t'y rendre. Nous, nous ne pourrions pas voler dans les airs. Ce monde, que tu désires, nous en parles-tu pour

raviver notre colère et notre douleur? Il nous est
interdit!

—Sauf par le rêve, l'interrompit Sutherland.
Le rêve, l'imagination, voilà pour vous le moyen
de rejoindre le lieu de votre nostalgie. Voilà de
quoi on s'occupe ici. Aux uns le voyage, aux
autres la nostalgie.

—On voit que vous êtes du bon côté. Ça donne
quoi, votre nostalgie?

—Plus que vous ne le croyez. Cette démarche
est soutenue par toute une tradition de l'Archipel.
Par exemple, attendez que je me souvienne des
paroles de mon maître Ivendra à mon amie Chann,
telles qu'elle me les a transmises : « Je ne sais pas
si c'est ma volonté qui agit, ou une volonté plus
grande, tenant à la fois du rêve et du réel, qui
s'exprime en moi. Je ne connais pas les chemins
que je parcours, mais chaque jour j'ai l'impression de faire éclater la réalité comme un décor
sans cesse plus vrai, pour m'enfoncer vers mon
but. » Il y avait tout un texte. Juste avant que je
meure, Chann me l'a récité. Toute mon attention
était sur ces paroles. C'est peut-être ce qui m'a
mené jusqu'ici. Les portes permettent parfois de
passer physiquement d'un monde à un autre,
mais ce n'est pas la seule sorte de passage qui
existe. Toutes sortes d'univers sont accessibles
par le rêve, par l'évocation. Il n'y a pas que la
présence physique qui compte, mais toute la vie
de l'imagination.

—Ces rêveries servent d'échappatoire aux
enfants, aux faibles, aux impuissants.

Tryil avait émis cela avec une intonation cruelle qui glaça le sang de plusieurs. Le juste Sutherland, imperméable à ce genre de nuance, rectifia :

— Pas seulement à eux. D'ailleurs, si c'était le cas, où serait le mal ? Ce que je viens d'évoquer, ce sont les portes de ceux qui n'ont rien à perdre. Rien ne leur résiste. L'esprit n'a pas de limites. Rien ne peut le retenir. Il n'a de comptes à rendre à personne. Votre travail de bourreau n'est qu'un aspect de votre existence, Tryil. Il est loin de vous définir entièrement. Puisque vous possédez un esprit sans forme, sans limites, impossible à retenir, rien ne peut vous définir. Les possibilités, sinon physiques, du moins mentales, sont toujours ouvertes, pour tous, en tout temps. Ce n'est pas rien. Faire éclater la réalité comme un décor sans cesse plus vrai : tel est le point que vous devriez travailler.

— En serais-tu capable, Tryil ? demanda Rel, qui connaissait mieux que Sutherland la mentalité des oiseaux-bourreaux et ne voulait pas le pousser à bout.

— Nous sommes des oiseaux. Nos facultés d'abstraction sont limitées.

La question de Rel était parvenue à désamorcer l'agressivité de Tryil, qui se sentait attaqué par Sutherland. Malheureusement, celui-ci ne le comprenait pas et revint à la charge.

— Vous n'êtes pas si dépourvus de ressources, insista-t-il. Rel n'est pas le seul à avoir eu de l'ascendant sur les oiseaux de l'Archipel. Il y a eu Svail, entre autres. Pourquoi vos cousins de l'époque de Svail lui obéissaient-ils, sinon parce qu'ils savaient s'abstraire du concret et accéder aux mondes de voyance qu'il leur présentait ? Vous êtes plus mystérieux que vous ne le croyez, Tryil.

—Qu'en savez-vous ? Votre ignorance de mon espèce vous fait prendre vos désirs pour des réalités.

—Des êtres pervers ont pu tordre votre corps et augmenter votre cruauté, argumenta Sutherland. Ils n'ont pas pu vous enlever votre accès à l'imagination. C'est vrai pour vous parce que c'est vrai pour n'importe qui.

Pour toute réponse, brusquement Tryil descendit la tête et, d'un coup de bec acéré, fendit la cuisse de Taïm Sutherland. L'explosion de rage qui accompagnait son geste terrifia la salle. Un instant plus tard, l'oiseau était maîtrisé par ses confrères. S'attaquer à un non-damné, c'était une faute très grave pour un bourreau.

Cependant Sutherland, dont le corps de juste ne ressentait qu'un faible inconfort, était stimulé par l'agression dont il venait d'être l'objet. Cette blessure donnerait un poids accru à ses paroles. Fixant Tryil, il s'exprima avec une véhémence qui ne lui était pas coutumière :

—Vous avez accès à l'imagination, au rêve, à la licence poétique, que vous le vouliez ou non ! On a pu vous faire croire que ces choses-là n'avaient aucune valeur. On a pu vous convaincre que cet accès vous était désormais interdit. On a pu vous menacer de vous traiter de lâche si vous vous en serviez. On a pu vous astreindre à une réalité consensuelle, où le consensus est dicté par les plus forts sur le plan physique, qui veulent que tout le reste soit négligeable. Mensonges ! Les puits vers le haut existent toujours dans le mode du rêve. Les accès n'y sont pas bouchés. Il s'agit de ne plus s'occuper de ce que l'on croit être, de ne plus tenir compte du consensus. Il s'agit d'une réalité personnelle et non collective, donnant un plaisir au présent, sans attache, qui existe de concert avec le social, le collectif, le groupe et ses leaders. Allez-y, abîmez mon corps ! Vous pourriez aussi bien me tuer, me terroriser, me forcer à dire comme vous. Vous ne feriez que perpétuer la logique idiote de ceux qui vous ont fait tant de mal. Même si je m'abaissais au point de vous donner raison, ce que je viens de dire est vrai !

Il s'interrompit pour examiner la coupure, l'épongea et jeta un coup d'œil ennuyé aux taches de sang sur le tapis.

—La réaction que vous venez d'avoir, ajouta-t-il d'un ton plus calme, montre que mon discours ne vous laisse pas indifférent.

—D'où te vient-il ? demanda Rel, curieux.

—Du sorcier Ivendra. La zone entre le rêve et la réalité n'est pas le repaire des poltrons. C'est plutôt celui des paradoxes, des contrastes, le lieu de Tranag. Rien de tel pour ressentir des sensations fortes. C'est son équilibre mental que l'on joue. On peut le perdre. L'enjeu en est une liberté collective, étrangement. Ivendra, quant à lui, y a laissé la vie. Pour ma part, j'y ai perdu la raison pour quelques années. Le résultat : la libération de l'Archipel. Je vous l'ai dit : je suis libérateur. J'ai ça dans le sang.

Il regarda son mouchoir trempé et pouffa de rire. Puis il sortit en boitant, escorté par quelques bonnes âmes qui le conduiraient à l'infirmerie.

Rel n'avait pas envie de continuer sur ce terrain glissant.

— Vous ferez ce que vous voudrez de ce que vous raconte Sutherland, conclut-il. Tout ce que nous voulons, lui et moi, c'est vous rendre la mémoire du vent et de la mer.

— Nous ne l'avons jamais perdue, émit Tryil avant qu'on ne le fasse taire en lui couvrant la tête.

Septième journée, la terrasse

Rel et Meurtrier étaient assis à la terrasse surplombant les enfers chauds, l'un sur un banc, l'autre dans son fauteuil roulant. Ils partageaient le cigare que tenait Rel. C'était le matin de la dernière journée. Le soir précédent, Rel avait omis de rendre visite à Meurtrier, préférant passer la nuit avec Tchi. Il se reprenait ce matin.

—Je comprends que tu ne puisses pas m'emmener avec toi, grogna Meurtrier. Mais je sais que tu me désires.

—Tu es en bonne compagnie, répondit Rel. Je dois bien avoir désiré la moitié des gens que tu croises ici.

—Aujourd'hui, c'est moi que tu désires, insista Meurtrier, lové dans ses bandages.

—Soit, je l'admets. Tu as du caractère. Et tu es sans doute très beau. En tout cas, demain je pars. Tu n'es pas en état de me suivre. Mes collègues ne sont pas en état de te supporter. Alors, tu restes.

—Tu reviendras, pour voir si je suis toujours beau ?

—Aha, c'est toi qui me désires !

—Non. Moi, je veux détraquer les enfers.

Rel lui fit tirer une bouffée.

—Je suis passé par là, répondit-il.

Lame vint se joindre à eux. Meurtrier l'apostropha :

—Toi, la bonne femme qui se prend pour l'étudiante principale de Séril Daha, tu me fais rire.

Elle haussa un sourcil.

—Attention, c'est ma femme, dit Rel.

—Elle aime se faire tromper, dans ce cas.

—Une insulte de plus, déclara Rel, et tu te retrouves dans ton pays. Ils te bannissent et tu crèves, tu y tiens ?

Cependant Lame avait envie de relancer Meurtrier :

—Pourquoi est-ce que je te fais rire ? lui demanda-t-elle.

Cette fois-ci, il prit ses précautions :

—Je n'ai pas l'intention d'insulter quiconque, mais de parler franchement. Comment peux-tu prétendre connaître la pensée de Séril Daha, quand tu ne sais même pas de quoi ses érections avaient l'air ? Si ce vieux bellâtre t'a fait tourner la tête, c'est que tu n'as pas senti son haleine le matin !

Lame avait trop envie de rire pour trouver quoi répondre. Meurtrier, dont la retenue n'était pas la qualité maîtresse, ajouta :

—Cette histoire d'interprétation de peinture dont on m'a rebattu les oreilles, c'est le genre de niaiserie à laquelle on pense quand on est dans le platonique, dans le différé, le nuageux, le tremblant

et le sublimé. Comme ça, Lame, tu prends les
œuvres du vieux Séril pour des oracles qui déclen-
chent l'ouverture de portes inter-mondes ? Oublie
ça. Prends des amants comme Rel, c'est ce que tu
as de mieux à faire. En plus, avec Séril Daha,
franchement, tu n'as rien manqué !

— C'est pour ça que tu l'as descendu ? demanda
Rel. C'est ce qui m'attend si je te déçois ?

Cette remarque laissa Meurtrier sans voix. Rel
en profita pour lui faire tirer les dernières bouffées
du cigare. Puis il alla le reconduire à l'infirmerie
où il logeait. Lame les accompagna. Étrangement, la présence de Meurtrier ne lui répugnait
pas. Elle avait imaginé un monstre. Il était sans
doute révolté, peut-être un peu fou, mais rien de
plus. Elle osa poser la question qui la tracassait
depuis la veille :

— Quand tu as tué Séril Daha, te sentais-tu
dans une zone entre le rêve et l'éveil ?

Il la regarda, surpris :

— On pourrait dire ça, oui. J'avais l'impression de vivre, pour une fois, et non de mâcher
une espèce de bouillon insipide de réalité comme
c'était le cas avant et comme ce l'est depuis lors.
Quelque chose d'important était en train de se
passer, enfin, quelque chose de plus grand que
moi et qui pourtant dépendait entièrement de
moi, comme dans un rêve, où l'on se voit une
vraie personne intéressante, au lieu de n'être que
ce que l'on sait très bien être, un quidam insigni-
fiant, n'importe qui. Pour un moment, je n'étais
plus un minable prostitué mâle qu'on met à la
porte quand il nous fatigue. Je faisais montre

d'initiative. Personne n'avait pensé que je ferais une chose pareille. J'étais, moi aussi, capable de surprendre. Tuer, ç'a été mon acte de création; ça a changé la face du monde, encore plus que les peintures de Séril Daha! Je l'ai dépassé, d'un coup. Tant pis si le reste de ma vie ne vaut rien.

—Ce moment de gloire, dont tu parles, tient du rêve et de la veille?

—Cela décrit bien mon expérience.

Lame regarda Rel:

—Et c'est dans ces eaux-là que Taïm veut qu'on s'en aille?

Rel haussa les épaules:

—Peut-être pas dans le même coin.

Lame regarda Meurtrier dans les yeux et dit:

—Tu n'aurais pas dû tuer Séril Daha. Ce n'était pas une chose à faire. Je ne t'ai pas pardonné. Je suis parfaitement capable de te faire la conversation, d'apprécier ta personnalité mais, soyons clairs, je ne t'aime pas. Pourtant, pas au point de vouloir ta mort. Soigne-toi bien. Tâche de faire quelque chose du reste de ta vie.

—Reviens-en, Lame, répondit Meurtrier du tac au tac. Tu as tout gagné de l'assassinat que j'ai perpétré. La société sargade, que tu détestais autant que moi, a été mise à genoux. Ton copain Daha est mort dans tes bras et t'a fait son héritière ésotérique, au lieu de te larguer comme ce serait arrivé tôt ou tard. Je te connais, Lame. Je t'ai vue arriver, servante chez Séril Daha. Nous aurions sans doute fraternisé, s'il n'avait vu en toi une espèce de muse du temps jadis. Dès lors, il s'est désintéressé de moi, t'a placée sur un piédestal, ce qui m'a permis de voir clair en lui.

—Je n'ai aucune idée de la manière dont Séril traitait ses amants, c'est vrai, répondit Lame. J'étais plutôt embarrassée de sa vie sexuelle, je me cantonnais au rez-de-chaussée et vous aviez vos ébats à l'étage. Des partenaires, il semblait en avoir beaucoup. Je ne me souviens pas de t'avoir vu chez lui. Ta voix ne me dit rien ; quant à ton visage, on ne le voit pas beaucoup ces jours-ci.

—J'étais son principal amant quand tu es arrivée.

—Si tu le dis.

—Je t'ai déjà demandé une tasse de café. Tu ne m'as pas envoyé promener. On voyait que tu savais te tenir. C'est pour ça que je te parle. Mais ne me sors pas de catéchisme genre : « Tu n'aurais pas dû faire ça ! »

—C'est ce que je pense. Cette zone entre le rêve et l'éveil, tu aurais pu en jouir autrement.

—On n'a pas toujours le choix.

—C'est ce que prétendent tous les damnés, dit Rel. Mais je suis persuadé du contraire.

—Que voudrais-tu que je fasse ? s'écria Meurtrier. Pour une fois que je m'adresse à des gens intelligents, je vous pose la question : qu'est-ce que je peux faire ? On dirait que vous avez choisi chacun votre cul-de-sac ! Est-ce que j'ai envie, moi, de me retenir de vivre pendant des millénaires, comme tu l'as fait, Rel ? Je n'ai aucune promesse de rédemption au bout, moi, personne ne m'a donné sa confiance. Je suis un rien du tout. Ma vie, c'est maintenant qu'elle a lieu, maintenant ou jamais. Toi aussi, Lame, tu te retiens de vivre : tu recherches des états raréfiés de conscience, tu t'isoles. Ça porte peut-être fruit, mais c'est tellement étriqué! Et l'autre type, ce libérateur venu de l'ancien temps, lui aussi a dû se complaire dans un comportement qui frise la folie pour arriver à ses fins. Ces exploits bizarres et hors du commun font de vous des gens importants et vous ont donné peut-être l'impression de vivre.

Il s'arrêta un instant, regarda ses mains bandées comme s'il essayait de s'en servir, puis il continua:

—Moi, cette impression, je l'ai obtenue en plongeant une lame dans un corps. Dans un corps que je ne désirais pas, dans un corps qui m'avait longtemps désiré et auquel j'avais procuré de rares jouissances. Je lui donnais la dernière jouissance, je lui donnais la mort. Comprenez au moins ce que je vous dis: ce geste-là était à ma portée et vos trucs me semblent plus malsains que le mien! Depuis le temps qu'il y a des gens qui s'égorgent! Vous êtes exceptionnels, en bien ou en mal; moi, je ne le suis pas tant que ça!

—Tu sais argumenter, remarqua Rel.

—Par contre, je persiste à croire que tu n'aurais pas dû tuer Séril Daha, ajouta Lame. Mon propre destin n'a rien à voir avec mon opinion de ton geste. Tu n'aurais pas dû, c'est tout.

—Je te connais, Lame, poursuivit Meurtrier. Tu m'as tendu la tasse de café avec un sourire timide. C'était une tasse blanche à lignes bleu vif.

—Je me rappelle.

—Aha. Tu as fait un geste très doux pour me l'offrir. En même temps, on sentait la braise couver sous la cendre. Tu ne voulais pas me reconnaître pour ce que j'étais. Je sentais bien que tu n'étais pas d'accord avec mon choix de vie. Tu aurais préféré ne pas avoir affaire à mon monde trouble, à ma passion, à ma rage.

—C'est exact. Et après?

—Au cours des dernières semaines où j'étais le bienvenu chez Séril Daha, tu te terrais dans la cuisine comme une araignée au fond de sa toile. Tu attendais ton heure. Rel et toi, vous êtes faits pour vous entendre. La résistance passive, c'est votre domaine. Jamais d'offensive. Des faibles qui guettent les erreurs des puissants pour déployer leur jeu. Des charognards qui envahissent le territoire où des armées viennent de s'entre-déchirer. Des petites natures qui attendent la mort ou la défaite de ceux qui se risquent à agir. Qui demeurent à ricaner dans leur coin, se procurant des sensations fortes comme elles le peuvent, à l'insu de tout le monde, sans rien déranger et en détestant tout.

—On a le style qu'on peut.

—Alors ne venez pas me faire la leçon.

—Je ne te demande pas d'aimer notre style, déclara Lame, ni de changer le tien. Mais plutôt d'admettre que tu as fait une erreur en tuant Séril Daha. Tu l'as d'ailleurs dit hier, que tu ne referais plus une chose pareille.

—N'insiste pas, suggéra Rel. Il y viendra quand ce sera le temps pour lui.

—C'est maintenant que je lui parle, répliqua Lame. J'espère bien ne plus jamais le revoir, ce type. Alors je me permets de mettre les points sur les i.

—J'ai compris! grogna Meurtrier.

Son ton de voix calma Lame d'un coup. Abruptement elle devint consciente des murs blancs de l'infirmerie où ils étaient, du plancher de linoléum beige, du lavabo étincelant, de Rel qui penchait la tête d'un air embarrassé. Meurtrier, avec ses pansements blancs où se devinait le rouge sombre du sang séché, retranché dans son fauteuil roulant, défendait sa position avec la dernière énergie. Elle remarqua qu'en effet elle avait envie de lui sauter dessus. Brusquement, elle se détendit :

— En fait, si c'est vraiment la dernière fois qu'on se voit, j'ai encore quelque chose à te dire.

— De quoi s'agit-il ? fit Meurtrier.

Elle ne répondit pas tout de suite. Imperturbable, Rel profita de l'interruption pour offrir un verre d'eau à Meurtrier et un autre à Lame. Elle en demeura sidérée : dans le contexte de ces journées-ci, où Rel était le point de mire, son geste avait quelque chose de percutant. Elle s'assit sur une chaise de métal, but son eau et demeura silencieuse, agitée intérieurement par un flot de pensées contradictoires. Elle se décida ; regardant Meurtrier, elle lui dit :

— Sans toi, sans les hommes qu'il aimait, Séril Daha n'était rien. Une sorte de peintre de cour, précieux, léché, tiré à quatre épingles, tiraillé par la peur et par le désir. Il s'en rendait compte et il en souffrait. Jusque-là, rien d'original. Je suis entrée en scène selon les instructions de Rel.

— Rel ? Tu avais quelque chose à voir là-dedans ?

Rel hocha la tête :

— Du coup, tu me trouves moins désirable, non ?

Lame poursuivit:

—Rel voulait ramener les Sargades au bercail de la domination des juges.

—Il a réussi, et de belle façon, grâce à moi!

—Il aurait pu y arriver par d'autres moyens, avec moins de chambardements. En tout cas, mon mandat était d'éveiller Séril Daha à la réalité du froid et des damnés, pour qu'à son tour il y éveille les Sargades. En pratique, sous mon influence, sa passion s'est détournée de gens comme toi pour s'orienter vers la juste cause des damnés et du froid. Il continuait à avoir des amants, mais s'en s'engager autant. Il s'est mis à vibrer pour cette douleur désespérée qui émanait de l'autre côté des fenêtres dont il n'ouvrait jamais les rideaux.

—Je m'en suis bien rendu compte.

—Chez lui, un changement aussi radical était presque suicidaire. Il a eu des avertissements; il les a négligés. Il n'a pas provoqué sa mort; par contre elle ne lui a pas déplu. De fait, elle lui donna la profondeur à laquelle il aspirait. Dès lors il deviendrait plus grand que lui-même, ses œuvres pourraient receler des présages et la face du monde allait changer. Il a survécu quelques heures à ses blessures, refusant jusqu'au bout de me dire qui l'avait tué. Je croyais que c'était du civisme de sa part, ou encore qu'il voulait m'empêcher de le venger. Tu m'apprends qu'il y avait plus: toi, qu'il avait aimé, tu l'avais aidé à réaliser son dernier désir.

—Oui. Il n'a pas résisté.

Consciente de dépasser un peu les bornes, Lame ajouta:

—Tu te souviens de l'odeur de son sang?

Il y eut un silence. Puis il dit:

—Elle me hante encore.

Lame avoua:

—Moi aussi.

Elle poursuivit:

—J'aurais pu le mener à l'hôpital. Il a exigé le contraire et j'ai cédé. Je me souviens de son sang, de son visage blanc contre le mien, de son corps en train de perdre la vie devant des millions de damnés qui regardaient.

—Arrête.

—Je n'ai pas bu son sperme, moi. Par contre, je l'ai vu mourir. D'accord, ce n'est pas le temps de déterminer qui, de nous deux, aura été le plus intime avec Séril Daha. Je n'en dirai pas plus. Sinon que nous n'aurions pas dû entrer dans son jeu, ni l'un ni l'autre!

—Trop tard.

—Le deuil a ouvert des portes; la douleur a fait franchir des seuils. Les œuvres et la vie de Séril Daha ont pris la phosphorescence de prophéties. Même Rel, qui n'avait jamais rencontré Séril, s'y est fait prendre.

—Et comment? fit Rel.

—Quand nous avons franchi la porte d'Arxann et que le ciel blanc entouré d'herbes m'a fait penser à sa dernière peinture, tu n'as pu t'empêcher de dire que Séril avait fait exprès de laisser sa toile inachevée parce qu'il connaissait ce ciel. Or c'est impossible.

—J'étais sans doute sous l'emprise de l'enthousiasme.

—Au moins tu le reconnais. Bon, la phosphorescence a ses limites. La zone entre le rêve et l'éveil tôt ou tard mène à un choix entre l'un ou l'autre. Une dernière question : qui a éventré la dernière toile de Séril Daha ?

—Je ne m'en souviens plus, dit Meurtrier.

—Dans les circonstances, ce coup de couteau était génial. Par contre, même cela, tu n'aurais pas dû le faire.

—Ça va, fit Rel qui trouvait que Meurtrier avait l'air pâle. Lame, il est temps qu'on y aille. Allez, à plus tard.

Lame et Rel aperçurent Sutherland qui venait faire refaire son pansement à la jambe et l'accompagnèrent. Ils quittèrent l'infirmerie ensemble. En repassant devant la chambre de Meurtrier, ils y jetèrent un coup d'œil. Le jeune homme s'était assoupi dans son fauteuil. L'énergie nerveuse dont il venait de faire montre avait cédé le pas à la fatigue qui lui venait de ses blessures. Avec la tête complètement penchée sur la poitrine, il avait l'air pourri de l'intérieur.

—Il en a pour longtemps ? demanda Lame.

—Je ne sais pas, répondit Rel. Il lui manque une raison de vivre.

—Il trouvera ça aux limbes, je l'espère, dit Sutherland.

—Encore faudrait-il qu'il en voie la nécessité.

UN APERÇU DE FIN DU MONDE

C'était la dernière journée. Comme à l'accoutumée, Rel pénétra dans la salle comble par la porte du fond, empruntant l'allée qui passait entre les bourreaux à sa droite et les damnés à sa gauche. Lame et Taïm Sutherland l'accompagnaient. Taxiel était entré plus tôt avec Meurtrier.

À peine était-il à l'intérieur que Rel s'arrêta ; il se tourna vers les oiseaux qui, à cause de leur grande taille, s'installaient au fond, tout près des portes principales. Parmi eux il reconnut Tryil parce que ses collègues l'avaient mis hors d'état de causer le moindre incident : son grand bec de bourreau était muselé, ses pattes et ses ailes entravées ; sa tête était couverte d'un capuchon pour l'empêcher d'émettre télépathiquement. Les écarts de conduite, chez les bourreaux, n'étaient pas tolérés. Une fois la réunion terminée, Tryil serait rétrogradé pour avoir attaqué un non-damné. Entre-temps, on l'exposait à l'humiliation publique. Cependant, Rel indiqua qu'il désirait que Tryil soit installé à l'avant de la salle, à côté de Taxiel. Du fond de la salle, la tête couverte,

Tryil ne comprendrait pas grand-chose. Face à
Rel, par contre, il pourrait suivre ses paroles.

Une fois cela fait, de son siège Rel regarda la
salle. À sa gauche, parmi les autochtones, Sutherland l'observait, les yeux trop brillants. Sans doute
était-il encore sous le choc de ce qu'il avait vécu la
veille. En face, parmi les bourreaux, se trouvaient
Meurtrier, Taxiel et Tryil, avec Tchi et quelques
autres sbires d'expérience aux alentours, pour
surveiller les deux criminels. À droite, parmi les
damnés et anciens damnés, Lame, contrairement
à Sutherland, ne le regardait pas lui, Rel, mais
semblait contempler quelque chose du côté des
autochtones. La tapisserie des juges, de toute évidence.

Il fit un signe et celle-ci fut installée de nouveau au mur, ce qui prit un bon moment : il fallut
aller chercher un escabeau et y monter en tenant
l'encombrant morceau de tissu accroché à sa tringle. Il se déploya enfin, telle la nuit tombant sur
les mondes extérieurs.

—Nous voici réunis une dernière fois, commença Rel. Dès demain, beaucoup d'entre vous
seront en route vers leurs enfers respectifs, tandis
que je me dirigerai vers les mondes extérieurs avec
mon équipe. Si nous essayons de nous réunir ici
l'an prochain, plusieurs auront changé de place ;
des bourreaux seront devenus damnés, ce qui est
fréquent, des bonnes âmes bourreaux, ce qui l'est
aussi, puis il y aura des morts, partis se manifester
ailleurs. Je ne serai peut-être plus des vôtres.

Il se tourna et indiqua d'un geste poli la tapisserie ténébreuse, luisante, ornée d'épées d'or ver-

ticales, dont certaines pointaient vers le haut et d'autres vers le bas :

—Les juges sont avec nous maintenant. Ils suscitent la crainte. Pourtant ils ne sont en général pour rien dans le destin de chaque être. Leur pouvoir d'intervention est des plus limités : ils sont là pour juger, pas pour conseiller. Ils entrent en scène quand il est trop tard pour les conseils.

Il y eut un silence. Rel reprit :

—Après chaque épisode, chaque vie, ils veillent à ce que ce qui va suivre soit en rapport authentique avec le passé d'où l'être vient. Il s'agit pour eux de rectifier des trajectoires. Les anomalies, si fréquentes dans le brouhaha d'une vie, qui font qu'un juste peut mourir humilié et un tyran récompensé, les juges les corrigent. Ils jugent les vies une par une, non les collectivités. Ils se situent du point de vue de celui qui a vécu et non de celui qui a vu vivre, qu'il ait été ami ou ennemi.

Il contempla la tapisserie avec l'affection respectueuse que l'on porte à des collaborateurs de longue date. Puis il poursuivit :

—Leur vision inclut tout ce dont on a omis de tenir compte de son vivant. Ils se prononcent sur le conscient et l'inconscient, le visible et le caché, observant tels des aigles le panorama complet d'une existence. Cela leur permet de déterminer le milieu dans lequel cette existence va se poursuivre lors de la vie suivante, ainsi que certaines conditions – niveau de richesse, de santé, possibilités de rencontres importantes – qui varient d'un individu à l'autre au sein d'un même milieu. D'une impartialité exemplaire, ils ne se laissent ni séduire ni épouvanter. Nul ne peut prévoir avec certitude leur jugement sur un être en particulier, parce qu'ils se situent au-delà du raisonnement, des règles et des coutumes. Cependant, la tendance générale est celle de jugements que nous considérons comme sévères : il faut ouvrir de nouveaux enfers parce que les gens de la surface ne savent pas se tenir. Rien d'étonnant : cela fait partie du processus naturel de vieillissement des univers, selon lequel les vies raccourcissent et les mœurs dégénèrent.

Rel se leva et se plaça debout devant la tapisserie, face à la salle, ses vêtements noirs ornés d'argent s'intégrant bien à l'ensemble. Il poursuivit :

—Les juges, dans mon cas, sont intervenus dans le déroulement de ma vie. Je constitue une exception. Ils m'ont demandé de les représenter et j'ai accepté ; ils m'ont donné les implants que je porte au bras gauche, ce qui m'a valu une jalousie accrue de la part de mon père, contre laquelle les juges ne m'ont fourni que peu de protection. Il a fallu que je me débrouille, ce qui fut instructif. Ils peuvent m'effaroucher parfois ; cependant, je leur demeure loyal parce que je comprends et que j'approuve leur raison d'être.

De nouveau il s'arrêta, un peu sur la défensive, comme s'il venait de dire quelque chose qui le rendait très antipathique. Pourtant tout le monde savait qu'il était du côté des juges ; il n'apprenait rien à personne et on l'acceptait tel quel.

—Il n'est pas impossible que ces juges soient en train de nous quitter, reprit-il. On les voit de moins en moins. En fait, je vais vous entretenir de ce sujet, avec leur accord.

Toute la salle fut parcourue d'un mouvement de surprise, sauf Taïm Sutherland, qui était au courant.

—Il y a quelques années, reprit Rel, quand j'étais aux limbes avec Sutherland, on nous a expliqué ce qui se passait. Les univers naissent, vivent, vieillissent et meurent. Quand ils vieillissent, ils se mettent à se désagréger, à s'anéantir du bas vers le haut. Notre univers est entré dans ce processus. Les enfers les plus profonds, les plus inimaginablement douloureux, commencent à se détruire. Par contre, venant d'en haut, de plus en plus d'êtres encourent un séjour – en général long – dans un quelconque enfer.

Il fit une pause, avant de se lancer dans le cœur du sujet :

—Nous-mêmes – les anciens enfers et les huit nouveaux enfers – nous sommes dans une situation intermédiaire. Les juges s'attendaient à ce que nous calions comme le reste, pour être anéantis en même temps que de multiples autres lieux infernaux. Cependant, notre bonne gestion et nos liens dynamiques avec certains mondes de la surface font que nous pourrions également nous rattacher plus fermement à ceux-ci. Nous pourrions, par exemple, devenir une sorte de sous-sol habité du monde auquel appartient Vrénalik. Il y aurait aussi la possibilité que seuls les anciens enfers soient ainsi rattachés...

Sa voix avait fléchi un peu, comme si la portée de ses paroles l'effrayait.

—Dans ce dernier cas, reprit-il, ceux qui désirent se rapprocher de la surface déménageront aux anciens enfers, ceux qui désirent continuer à travailler pour les juges iront vivre dans l'un des nouveaux enfers : un changement de plus, pour nous qui en avons récemment connu beaucoup. Quel est l'enjeu ? Dans un monde rattaché à la surface, les damnés sont, pour la plupart, envoyés ailleurs et tout lien avec les mondes infernaux est rompu. Les bourreaux et les autochtones perdent leur profession ainsi que la protection des juges. Ils deviennent comme les gens de la surface, dotés d'une vie courte et plutôt agréable, avec des possibilités d'apprendre et de mûrir. Bien sûr, ils doivent trouver leurs moyens de subsistance. Tout bien pesé, leur qualité de vie est plus riche et le monde où ils évoluent ne sera pas détruit dans un avenir rapproché.

—Par contre, s'ils ne savent pas se tenir, intervint Taxiel, ils se retrouvent damnés durant la vie suivante. En plus, il n'est pas évident que les gens qui occupent déjà la surface sauteraient de joie en se découvrant un sous-sol habité. Ne nous empêcheraient-ils pas d'être leurs égaux ?

—C'est possible. Mon séjour là-bas nous permettra de mieux prévoir leur réaction. Les juges, il y a déjà un certain temps, m'ont demandé de trancher la question : entre les enfers, les nouveaux enfers, Vrénalik, qui se rattache, qui se détache ? J'aurais préféré qu'ils choisissent à ma place, mais ils ont insisté. Encore une décision qui va me valoir la sympathie publique ! Avec Sutherland, nous avons eu accès à des statistiques : un humain des mondes extérieurs a un peu moins de chance de se retrouver en enfer pour sa vie suivante qu'un bourreau d'ici. C'est comme une pente savonneuse, où il y aurait un peu moins de savon vers le haut, du côté des mondes extérieurs.

Il soupira.

—Pour résumer, continua-t-il, nos enfers sont trop apprivoisés : ils ressemblent dangereusement aux mondes extérieurs. Il va falloir trancher : s'y joignent-ils carrément ou se replongent-ils dans le chaos ordinaire des régions infernales ? La décision m'appartient. On m'a donné le droit de vous consulter. Une fois mes dossiers établis, devant la difficulté du choix, j'ai décidé de m'en prévaloir. Voilà pourquoi je vous mets au courant. Pendant mon séjour de l'autre côté de la porte d'Arxann, pensez à tout ça. Les données auxquelles j'ai eu accès, je les laisse ici, à votre disposition ; vous pourrez en compiler d'autres, au besoin. De plus, vous pouvez continuer à aller voir de l'autre côté de la porte, histoire de mieux connaître ce monde extérieur qui pourrait être l'antichambre du vôtre. Nous nous rencontrerons à mon retour. Ma décision tiendra compte de ce que vous me direz.

—S'il ne s'agissait que de toi, demanda Meurtrier, que choisirais-tu ?

—Je refuse de répondre à cette question, répondit Rel.

—Comment se fait-il que les juges, demanda Lame, s'ils interviennent si peu d'habitude, aient néanmoins cet immense pouvoir de connecter ou de déconnecter des mondes ? J'ai pénétré avec eux dans les corridors entre les mondes, j'ai vu la puissance qu'ils détiennent. Pourquoi veulent-ils en user à si grande échelle dans ce cas-ci ? Ne pourraient-ils pas, comme c'est leur habitude, nous laisser nous débrouiller avec la situation ?

—Cela tient à l'attitude des gens qui peuplent différents mondes. Des mondes de plus en plus similaires peuvent avoir tendance à se connecter, tandis que ceux qui sont de plus en plus dissemblables se détachent les uns des autres. Tôt ou tard, des choix s'effectuent, des seuils sont franchis ; l'ambivalence est mise à rude épreuve et ne dure pas longtemps. Les juges, pour le moment, jouent ici un rôle moins actif, en rapport avec notre attitude actuelle. Des liens forts, historiques, nous tiraillent à la fois vers le haut et vers le bas. Quelque chose va céder, un côté va l'emporter, ce qui n'a pas besoin de se faire de manière sauvage. Les juges me mettent devant les faits ; ils rectifieront la trajectoire des anciens enfers, ainsi que celle des nouveaux enfers, d'après ce que je leur dirai. Si aucune décision n'est prise, par moi ou par d'autres, la puissance du destin suivra son cours de toute façon. Elle pourrait s'exprimer de manière très abrupte, ce qui serait au détriment de nous tous, y compris des damnés. C'est la différence entre faire une incision pour faciliter la naissance d'un enfant ou bien laisser la situation évoluer sans aide.

—Et si tu te trompes ? Si ton choix n'est pas éclairé ?

—J'expierai mon erreur, ce ne sera pas la première fois. Si ce que je décide n'est pas en rapport
avec la situation réelle, d'une façon ou d'une autre
celle-ci suivra son élan. Les juges ont été clairs :
j'avais le droit de prendre ma décision sur simple
examen des documents et de vous mettre devant
un fait accompli. Aux limbes et depuis lors, j'ai
examiné les données plutôt dix fois qu'une.
Sutherland en a été témoin : il m'est difficile de
conclure. Donc je vous demande votre avis.

Brusquement, il céda à un certain agacement :

—Allez-y, opposez-vous, critiquez-moi ! Tout
ce que ça pourrait faire, ce serait de miner ma
confiance. Mon jugement en serait altéré et tout
le monde y perdrait !

—Excuse-moi, Rel, poursuivit Lame sans se
démonter. Tu nous as mis au courant de cette
nouvelle, qui ne passera pas inaperçue dans toute
l'étendue des huit enfers. Ma réaction vient de ma
surprise : je n'aime pas apprendre qu'on m'a caché
des choses importantes.

—J'ai tant l'habitude de dissimuler ce qui me
tient à cœur ! Je n'avais pas l'intention d'en parler
– j'ai peut-être exagéré.

—Bon, opina Lame pour passer à autre chose.
Ces sujets, n'en doutons pas, demeureront à l'ordre
du jour pour longtemps. Par contre, si nous sommes ici, c'est pour t'entendre raconter ta vie. Il
manque un chapitre à ton histoire.

—Chapitre aussi réjouissant que ce dont je
viens de vous entretenir ! Ta remarque tombe à
point, je dois l'admettre. Face à la fin du monde
tel que nous le connaissons, ce qu'il me reste de

mieux à faire est de vous donner tous mes souvenirs, même les pires. Qui sait ce qui pourrait
vous servir ? De quelles armes aurez-vous besoin
pour ce qui vous attend ? Cette réflexion sous-tend
mon désir de vous réunir tous ici. Par contre,
l'habitude est pour moi très forte de passer sous
silence les circonstances au cours desquelles je
suis devenu un être tordu, difficile à saisir même
pour moi-même.

Lentement, Rel retourna s'asseoir. Il but un peu
d'eau, rassemblant ses pensées. Puis il se lança.

PRESQUE L'ÉTERNITÉ

Taxiel et ses compagnons m'ont ramené aux enfers avec un capuchon sur la tête, tel celui que tu portes, Tryil. Je te connais depuis ta naissance ! Nous avons souvent travaillé ensemble, lors de mes visites aux enfers tranchants. Essaie de me considérer encore comme un ami !

Ce capuchon métallique empêchait mon contact télépathique avec tes ancêtres ; c'est ce que découvrit Taxiel, par essais et erreurs. Tes ancêtres loyaux m'avaient suivi, malgré tout, jusqu'en enfer. « Aidés » en cela par des bourreaux qui voulaient les présenter à mon père comme des prises de choix, c'est exact. Par contre, ces oiseaux voulaient vraiment m'accompagner. Nous nous aimions tant ! Ils possédaient des ailes, comme j'en avais eues. Par notre contact privilégié, j'avais pu retrouver l'impression de voler. Ce que je représentais pour eux en retour, je ne l'ai jamais compris.

Une fois en enfer, on leur fit subir mille tortures pour les transformer en créatures semblables à toi. J'ai été forcé de regarder tout cela se faire et d'applaudir. Le lien télépathique qui pouvait nous unir, je ne voulais plus l'utiliser : qui sait s'il n'était pas détectable ? Quels sévices nos échanges vous auraient-ils valus ? Je n'osais même plus songer qu'un si beau contact avait un jour existé entre nous, que nous avions déjà formé un ensemble harmonieux qui nageait et jouait dans l'océan sans rien attendre de personne. Ce n'est qu'une fois roi des enfers, un millénaire et demi plus tard, que j'ai pu rétablir une pleine communication avec vous des enfers tranchants.

Entre-temps, votre liberté et la mienne se fracassaient ensemble au fond du gouffre maudit sur lequel régnait mon père.

Les Sargades, qui m'avaient promis leur appui, n'étaient plus en mesure de m'aider que très indirectement. Quant à ma mère, elle avait perdu la raison pour de bon. J'obtiendrais encore d'elle des regards de tendresse, mais ils pouvaient s'avérer plus compromettants qu'utiles, dans ce monde de coups bas et de dissimulation qui devenait le mien.

Désormais, et pour des siècles, je n'aurais plus un instant de solitude. Sans cesse je devais être aux aguets, prêt à donner le change. Sans hésiter, il fallait que je déclare aimer ce que je détestais. L'expression de mon visage et celle de ma voix devaient être convaincantes. Le plus difficile, c'était de me retenir de montrer de l'affection toutes les fois que j'en éprouvais. Les sbires m'épiaient ; si je manifestais la moindre attirance, l'objet de mon attirance était souillé, détruit, à moins qu'il ne se transforme en un espion de plus. Si je m'approchais des damnés, on les tourmentait davantage. Si j'essayais de méditer comme Tranag me l'avait appris, on riait de moi et on m'en empêchait. Le simple fait de fixer l'horizon sans bouger pouvait me valoir une brimade. Si je disais ce que je pensais, cela se retournait contre moi. Il fallait que je remue, il fallait que je rie, il fallait que je fasse systématiquement le contraire de ce dont j'avais envie.

Pour brosser un tableau complet j'ajouterai ici, sans aucune intention de dénigrement, que celui qui se nomme à présent Sarhat Taxiel, qui m'accompagnera bientôt dans les mondes extérieurs, fut alors un de mes pires ennemis. Il avait dû se fendre en dix pour me ramener de Vrénalik, il connaissait à fond mon style et n'avait pas de faveur à me faire. Quand c'était à son tour de me surveiller, je redoublais de vigilance. Rien ne lui échappait ; il savait interpréter mes expressions les plus fugitives, me traquer dans les cachettes les plus ingénieuses. Il rapportait tout à mon père et administrait les châtiments sans ménagement. Je lui dois de savoir mentir et dissimuler comme si c'était ma seconde nature. Pendant longtemps, j'ai pu tromper tout le monde, sauf lui. Puis j'ai réussi à lui cacher des choses, même à lui. Alors il s'est fait muter. J'aurais pu m'en réjouir. Sauf qu'il était trop tard : j'étais perdu à moi-même, trop engagé dans la spirale des plaisirs galants et des fêtes, qui amoindrissent et font perdre courage ; ma propre hypocrisie avait eu raison de moi, jusqu'à un certain point.

Quoi qu'il en soit, avec la mort de mon père, sur-le-champ la loyauté de Taxiel s'est transférée

à moi, selon la tradition. Je l'emmène parce qu'il
est en quelque sorte devenu mon ombre.

Jamais je ne suis devenu le brave que Taxiel
ou mon père auraient voulu que je devienne. Sur
ce point, je leur ai échappé. Je suis demeuré am-
bivalent, hermaphrodite, ambigu. Mon caractère
même, je l'ai forgé pour qu'il devienne mon arme
la plus puissante. Une arme sournoise, faite de
passion et de haine contenues. Je me suis créé
une identité superficielle, à laquelle j'ai pris goût.
Mais à mesure que le malheur ouvrait en moi des
visions internes, venues de vies antérieures ou
simplement de rêves, je percevais à quel point je
pourrais être ce ressort indéfiniment tendu, prêt à
se relâcher sans hésitation quand les circonstances
s'y prêteraient. Une sorte de bombe à retardement,
implantée au cœur des enfers, dont la priorité ne
serait longtemps qu'au niveau de la simple survie.
À tout prix, il fallait que je tienne le coup.

Ce qui m'a permis de le faire, au long de toutes
ces années, de ces siècles, c'était le souvenir de
Tranag. Jamais, jamais je n'ai prononcé son nom,
même en chuchotant, même seul : c'était trop
risqué. Chaque jour, chaque heure pourtant je
pensais à elle. Sa confiance m'habitait, sans faille.
Je pourrais tenir le temps qu'il fallait, puis je de-
viendrais, du jour au lendemain, l'instrument puissant de la justice, de la réforme entière des enfers.
Tranag avait vu jadis que je serais à la hauteur et
je ne doutais pas de son ancienne intuition.

Plus tard, une fois engagé dans l'acte de tout
transformer, j'ai pu douter de ce qu'elle avait
trouvé en moi. Alors je me suis fié aux juges, leur

demandant de m'inspirer, de me conseiller. Mes siècles de soumission m'avaient affaibli. Mon estime de moi-même n'était pas très élevée. J'avais besoin de sentir une autorité plus forte que la mienne en train de me seconder. Je voulais disposer de balises toutes faites, pouvoir me réclamer d'un système qui fonctionnait déjà, celui, inéluctable, du destin des êtres. À cause de cela, j'ai pu manquer de créativité. Personne n'exigeait de moi une telle fidélité aux juges. Je la cultivais par... faiblesse, je pense. Ce que j'avais vécu avait laissé des traces. Je n'étais pas un ressort en parfait état. Je pouvais avoir tendance à exagérer l'importance de mes meurtrissures, pour refiler aux juges l'odieux des décisions difficiles. Ils m'ont pris sous leur aile. À plusieurs reprises, ils ont essayé de me faire comprendre que c'était à moi de gouverner. De nouveau, ils me placent devant le choix difficile dont je vous ai parlé. Je dois m'éloigner d'eux.

Sutherland a vu juste quand il a décroché la tapisserie. Ce sont des juges, des principes impossibles à tuer, tandis que moi, je suis vivant et mon rôle n'est pas fini.

N'anticipons pas. À l'époque de mon plus grand malheur, quand je ne pouvais même plus me reconnaître à tel point ma personnalité était faussée pour survivre aux pressions extérieures, les juges mêmes, à leur façon, m'accordaient leur soutien. De loin, ils me saluaient. Ou encore, vaporeux, ils m'enveloppaient de leur protection quand je n'en pouvais vraiment plus. Il est arrivé ainsi, à quelques reprises, que mon père et ses

sbires tombent soudainement de sommeil et que
cela me permette de me calmer un peu et de faire
surgir en moi, involontaire et sacrée, la vision du
monde dont je serais l'un des artisans. Un monde
juste, sans cruauté et sans superflu ; un monde
brillant comme une lame ; un monde pur, dont les
habitants, peu importe leur forme ou leur occupa-
tion, posséderaient la droiture ; un monde profond
enfin, où l'esprit libre s'élancerait dans n'importe
quelle direction, tandis que la parole et le corps
pourraient suivre sans entraves. Il s'agit du monde
où nous sommes vivants, aujourd'hui. Je le porte
en moi depuis ce temps-là, il s'est élaboré au
hasard des instants d'émerveillement, selon le
miracle des contacts qui ont pu s'établir malgré
tout.

À ce titre, je tiens à remercier Tchi, mon amant
d'alors. Mon père lui avait permis l'intimité avec
moi, certain qu'il était de m'humilier en me faisant
jouer un rôle de fille dans les choses de l'amour.
Il était fier d'avoir pensé à cela. Tchi lui a donné
le change d'une manière admirable. Bien sûr, il
m'espionnait ; je n'aurais pas pu être franc avec
lui. Il n'existait pas entre nous de connivence, ce
qui tôt ou tard aurait sonné l'échec de notre relation. Non, ce que Tchi est parvenu à établir avec
moi, c'est un lien d'espace. Je ne pouvais rien lui
dire, mais au moins il me laissait le temps de
penser. Quand nous étions seuls, il ne riait pas de
moi. Le non-dit entre nous me donnait un répit. Il
ne me demandait pas de l'écouter. Je n'avais pas
besoin de lui parler. Cette absence de communication devenait mon havre. Et puis, ce que nous
faisions au lit avait son charme.

Meurtrier, toi qui m'écoutes en te demandant si c'est bien moi qui parle, ton expérience est proche de la mienne, sans que tu t'en sois rendu compte. J'avais encore quelque chose à expier de ma vie précédente, celle où j'avais appris à prendre mon envol. Le Rel d'alors avait, comme toi, aimé torturer des bourgeois. À présent, il fallait que je continue à expier. D'accord, je les avais torturés de leur plein gré ; il n'en demeure pas moins que j'avais joui de leur souffrance et de leur humiliation. Voilà pourquoi, à mon tour, je me trouvais humilié et sans ami. Action et réaction, nul n'y échappe. La réaction est souvent sans commune mesure avec l'action, telle un grand arbre issu d'une minuscule semence. J'en ai eu pour des siècles à expier la souffrance infligée pendant quelques mois à des gens qui me demandaient de leur faire mal. Telle est la justice du monde. Qu'elle ne soit pas évidente ne l'empêche pas d'être ; qu'elle soit tournée en dérision ne la freine aucunement ; que l'on n'y croie pas n'y change rien. On m'avait pressenti pour les tâches les plus difficiles ; de là à ce que mes dettes soient effacées, non.

Ce que je vivais n'était pas une damnation proprement dite : mon intelligence n'était pas altérée et, de temps à autre, tel un miracle, surgissait un moment de paix. Mon esprit s'élançait alors dans son propre infini.

C'est là que je te rejoins, Taïm Sutherland. Mes éclairs de liberté étaient si violents, tellement lumineux et porteurs de bonheur, qu'à leur clarté je pouvais apercevoir, vision cohérente et intelligible, le passé d'où je venais et l'avenir où je me dirigeais. C'est de cette époque longue et ténébreuse que me viennent mes souvenirs les plus clairs d'envol dans l'immensité d'un monde de sagesse, ainsi que mes projets de réforme pour le jour où je saisirais le pouvoir. Ce n'étaient que des rêves, des visions, des songes. Je ne pouvais pas me permettre d'y croire. Je pouvais par contre puiser en eux l'énergie de continuer à vivre.

Il ne s'agissait pas d'un processus déshonorant, Tryil. C'était une arme de faible, soit, mais extrêmement difficile à vaincre. Mon père, avec toutes ses armées, n'y est pas parvenu. À présent que tu es vaincu à ton tour, suis mon exemple, laisse-toi rêver. Dans ta mémoire s'étend le ciel de Vrénalik : tu en as entendu parler dans ton enfance. Tu n'as besoin de rien de plus. Dès lors, peu importent tes chaînes et la durée de ton humiliation, l'espace s'ouvre par l'intérieur. Cela, personne ne peut te l'enlever.

Il y a autre chose. Pour expier mon sadisme passé, il fallait que je le ressente de nouveau. Couvrir cette époque d'un voile pudique n'aurait été qu'un palliatif. Donc, j'ai appris à jouer avec la violence infernale sans m'y adonner mais en la ressentant à fond. Je me suis rappelé mes anciens souvenirs de Vivant sanglant, maniant le scalpel sur des corps grassouillets enchaînés à ma merci ; ces souvenirs, j'ai pu les faire entrer en résonance avec le désespoir effréné des enfers.

J'ai dû tout revivre, comme Vivant et comme Mort, bourreau et victime. De nouveau, j'ai ressenti la joie méchante d'être un jeune prédateur qui peint sous les couleurs les plus charmantes des « aventures dangereuses » auprès de rentiers qui se détestent intérieurement. Je me suis souvenu de la rhétorique que j'utilisais pour les entraîner dans mon antre, de leurs cris de douleur et de libération perverse quand je tranchais dans leur corps bien soigné pour le décharner, le rendre semblable au mien, leur haine d'eux-mêmes se manifestant enfin au grand jour. Je les recousais ensuite, les soignais, les assistais dans leur guérison, puis les laissais partir sous les cieux rougeoyants, hésitants, horriblement beaux, plus grandioses qu'ils ne l'avaient jamais été avec leur chair sculptée se répandant en voiles et leurs mains se crispant en serres aux ongles d'acier. Ils se pressaient à mes portes, je leur apprenais à m'imiter, ils se torturaient mutuellement et recrutaient de nouveaux adeptes, leur société entière ébranlée par la passion du décharné, de la cicatrice saignante et du regard cruel. J'avais su frapper juste dans leur névrose collective de privilégiés.

J'ose à peine te le demander, mais cela te rejoint-il, Lame?

PAS DE DEUX

Dans la salle où la tension est palpable, Lame se lève pour rejoindre Rel. Saisissant sa tête dans ses mains, elle l'embrasse. Il se lève à son tour. Elle se place face à lui. Ils sont tous deux de profil devant la tapisserie noire des juges. Elle prend la parole d'une voix sonore.

Rel, si je t'avais connue là-bas, je t'aurais demandé de m'ouvrir toute grande. J'étais comme les bourgeois dont tu parles : je me détestais avec fureur. J'aurais voulu que tu m'attaches et que tu me dépèces, pour que j'expie mon bonheur malsain, ma satisfaction idiote. Je t'aurais suppliée de faire de moi une écorchée vive, sans seins, sans ventre, sans cuisses et sans mollets. J'aurais voulu que tu me débarrasses du superflu et ne laisse de mon corps qu'un minimum d'entrailles et des os vivants, rouges, animés encore avec leurs nerfs. J'aurais aimé avoir le regard fixe et la main sûre, pour sculpter à mon tour les ventres mous, les cuisses musclées, les corps soigneusement bronzés de ceux qui connaissent la honte secrète.

Ma folie semblable à la tienne m'a valu d'être damnée. Tes cauchemars rejoignent les miens. À présent, je comprends mieux pourquoi je t'aime.

L'apaisement n'est qu'un répit. La rédemption a finalement le même goût que la faute. C'est la version ouverte, intelligente, de la faute. La honte d'être intelligent, riche ou en santé quand d'autres ne le sont pas, possède son revers. Qui n'est pas d'être pauvre, malingre et cruel – un de ces Vivants, en somme – mais de s'assumer en tant que riche, intelligent ou en santé. Ce que ni toi ni moi n'avons fait lors de notre vie précédente. Au moins nous avons pris notre pied. Ensuite venait la facture.

Époux aux multiples amants, insaisissable, démoniaque et bon, je comprends pourquoi tu m'attires et pourquoi c'est moi que tu as choisie. Dans ma vie précédente, je rêvais de rencontrer celui qui oserait m'ouvrir, me révéler à moi-même, m'empêcher de tourner le dos à ma propre valeur. J'ai tant espéré être découverte, menée au bout de moi-même, forcée de prendre mon envol ! Mais personne ne s'y est essayé. Tout le monde avait peur de moi. En un certain sens, j'étais trop rapide, trop intransigeante et lucide. Autrement dit, je n'avais pas ce qu'il faut pour plaire.

Je me suis donc condamnée à la médiocrité, comme si j'étais incapable de prendre feu de moi-même. J'ai attendu en vain qu'un autre m'allume, me fasse flamber, me rende incandescente, phosphorescente, me précipite dans ma propre beauté. Je refusais de croire que je n'avais de permission à demander à personne, que je n'avais rien à attendre et que je pouvais y arriver seule. J'ai craché sur la richesse de ma solitude.

Alors je me suis recroquevillée comme presque tous le faisaient autour de moi. Il n'y a que peu de gagnants, là d'où je viens. L'immense majorité des perdants, je m'y suis ralliée. Mon corps s'est empâté, mon esprit s'est complu dans l'ironie, la critique, le jugement. Et si je t'avais rencontré dans ta vie précédente, au lieu de recevoir de toi le don de savoir qui je suis, j'aurais reçu celui, perverti, de ta folie et de la mienne. Je ne t'ai pas rencontré. Tu n'étais pas au rendez-vous, ni toi ni personne qui te ressemble.

Donc, devant toi, aujourd'hui, j'ose me souvenir du moment de ma mort. Moi aussi, j'ai un secret. Ma vie précédente ne s'est pas terminée par une maladie ou un accident. Je me suis suicidée. Et avec joie.

C'était en début de soirée, au printemps. Il pleuvait un peu. Je m'étais permis de sortir, ce qui n'était pas dans mes habitudes. Parce que j'étais obèse, je voulais que les gens me voient le moins possible. Le travail, l'épicerie, les transports en commun, c'était suffisant comme exposition aux regards. Mais quand il faisait noir, je pouvais quand même sortir un peu. Je n'étais pas si énorme, je pouvais prendre plaisir à marcher, du moment que personne ne me regardait. Donc, ce soir-là, je me promenais près de chez moi, perdue dans mes pensées ordinaires de haine de moi-même. À l'époque, je ne m'appelais certainement pas Lame. Je portais un nom ridicule. Tout en moi me déplaisait. Par contre, le temps était doux. Je

longeais une grande artère, avec des entrepôts ou
des usines de chaque côté. Il n'y avait personne
sur les trottoirs. Beaucoup de voitures et de camions roulaient vite : les intersections étaient
éloignées sur ce large boulevard industriel.

J'avais l'impression que tout allait bien ; mes
pieds ne me faisaient pas mal, personne ne me
dérangeait : ma silhouette seule suffisait à décourager quiconque de ralentir ou de klaxonner. La
température était idéale. J'ai eu envie d'essayer
quelque chose de nouveau. Je n'ai pas eu à chercher longtemps : tout se prêtait à ce qui allait
suivre. J'en avais tellement assez de cette vie qui
ne rimait à rien. D'autre part, c'était l'heure où
beaucoup de camions quittaient la ville avec leurs
chargements, prêts à rouler toute la nuit vers un
ailleurs qui ne m'appartiendrait jamais.

D'un coup, sans hésiter, je me suis jetée devant un camion encore plus gros que moi, encore
plus horrible. La chaussée était glissante ; j'étais
certaine qu'il ne pourrait pas m'éviter. Effecti-
vement. D'ailleurs, personne n'était attentif à ce
qui se passait, ni le conducteur ni moi-même, à
tel point j'étais indigne d'intérêt. Je m'étais perdue de vue ; mieux encore : j'avais réussi à me
débarrasser de moi ! Je me souviens du choc de
l'impact, du crissement des freins, de la sensation
d'éclatement. C'était grandiose. Le seul orgasme
à ma portée. La mort m'a emportée en un hur-
lement triomphal.

Je me demande ce qui est arrivé au conducteur.
Il a exaucé mes vœux, il ne m'a pas fait attendre.
Je l'en remercie. Il m'aurait davantage rendu ser-

vice s'il m'avait payé une bière une fois ou deux, pour que j'aie un peu l'impression d'être une femme. Qui sait, j'aurais peut-être traîné un peu plus longtemps dans cette vie-là. Mais ça, c'est rêver en couleurs. Jamais il n'aurait voulu d'une grosse fille agglutinée à sa vie. Au lieu de quoi il a eu un cadavre agglutiné à ses pneus.

Je quittais un monde empli de gens qui se retiennent de se tuer. Seuls dans leurs habitudes, ils maintiennent le statu quo. Animés d'une vague solidarité, ils s'encouragent mutuellement à la médiocrité. Si je retournais là-bas, Rel, faudrait-il que j'y mette le feu, à cette ville où j'ai passé ma vie précédente ? Faudrait-il que je devienne la lame, l'épée des juges du destin et que je me mette à éventrer des gens ? Pas physiquement, ce qui serait idiot, mais en esprit ? Comment faire s'ouvrir, dans le bon sens du terme, tous ces gens qui croupissent ? La rédemption a le même goût que la faute. Mon désir de montrer à chacun sa liberté immense, cela n'est rien d'autre que le versant ensoleillé de l'impulsion qui jadis m'a jetée sous le camion. Je voulais qu'il m'ouvre enfin pour que je puisse m'offrir entièrement. Il m'a en effet écrasé, écrabouillé, ouvert le corps, ce qui n'a servi qu'à me nuire, à donner des cauchemars au conducteur et à m'expédier aux enfers mous. Mais je devais avoir un bon fond : indépendamment de cette bêtise, bien malgré mon suicide, au moment propice mon esprit s'est ouvert.

Ils s'en fichaient, mes anciens voisins, de ce que j'avais pu devenir. Repus dans leur indolence, ils se sont activés à ne se rendre compte de rien.

Leur bon goût, ils s'en servaient comme d'une entrave. Leur bon sens, ils l'utilisaient pour s'affadir. S'encourageant mutuellement dans les mêmes erreurs, ils ont accueilli discrètement la mort comme un soulagement.

Coupables de s'être abstenus d'eux-mêmes, ils tombent depuis lors dans les lieux d'expiation où on les étouffe ou bien où on les ouvre, de plus en plus nombreux, de plus en plus lourds. Le sous-sol entier de l'univers est fait de cavernes comme celle-ci, la souffrance augmente et tout se désagrège. Que ce soit la fin, le milieu ou le début du monde, Rel, il y a tant de gens à réveiller ! Ce n'est pas seulement moi que tu aurais dû épouser, mais toutes les femmes de ma ville, toutes celles qui, tôt ou tard, se retrouvent seules dans leur chambre, non voulues, ennuyant tout le monde, leur vie entière occupée à se retenir de se tuer !

Devant la tapisserie noire, Rel se redresse. Sa taille se cabre ; ses mains se crispent comme des serres à demi paralysées. Le regard fixe, les dents à découvert, figé dans une posture d'horreur sous les projecteurs éclatants, il redevient le Vivant sanguinaire qu'il n'a jamais cessé d'être. Son potentiel de haine est révélé au grand jour. Par ses gestes froids, empreints d'intelligence, plus encore que son père il inspire l'effroi. La salle entière se tasse dans son fauteuil, sauf l'oiseau Tryil qui, une cagoule sur la tête, ne voit rien. Rel s'approche de Lame qui le dévisage avec passion. Elle se tient courbée, les bras un peu écartés et les mains ouvertes, comme si elle hésitait entre la fuite ou l'abandon. Avec sa longue jupe rouge, son décolleté orné de dentelle blanche et ses cheveux noirs roulant sur les épaules, elle semble issue d'un passé idéal d'où la galanterie n'était pas absente. Par contre, comme au temps de sa vie précédente, elle se sent vaincue d'avance et furieuse de l'être.

Ils tournent l'un autour de l'autre, sans se toucher. La tapisserie du destin frémit derrière eux et on a l'impression que le monde vibre dans ses fondations. Leur immense passion dépasse l'amour, leur immense désir de détruire et d'être détruit dépasse la mort. Lentement les autochtones, les bourreaux, puis les damnés se lèvent aussi, ceux qui le peuvent. Beaucoup, déroutés, quittent la salle. Les autres, s'ils se ferment à l'atmosphère d'horreur, auront l'impression de se retrouver encore plus damnés qu'ils ne le sont déjà. Ils errent dans la salle, habités par leurs propres spectres. Le jeune Meurtrier et l'oiseau Tryil sont des points fixes dans cet univers mouvant ; par contre ils le perçoivent ; des tissus les frôlent, des bruits les font sursauter. Tout se passe presque en silence ; il suffirait d'un cri, d'un geste de rage véritable, pour que l'équilibre soit rompu. On pourrait alors sombrer dans la violence primaire qui régnait au temps du père de Rel. Chacun marche sur la corde raide de sa haine et de sa passion.

—Tu n'aurais pas dû te tuer, Lame, tu n'aurais pas dû ! s'écrie soudain Meurtrier avec ironie. Jamais tu n'aurais dû faire une chose pareille !

Il se met à rire.

Du coup, Rel et Lame se regardent, s'embras-
sent, ancien bourreau et ancienne victime joints
dans l'horreur du point de rupture entre le rêve et
l'éveil. Taïm Sutherland s'agenouille et tombe
dans les bras de Meurtrier, Taxiel caresse la tête
encapuchonnée de l'oiseau Tryil. Il y a un moment
de flou et, sur un geste de Rel, tout s'arrête.

Il se rassoit ; les autres font de même.

Lame s'approche alors de Tryil et, sous les
regards attentifs de Taxiel, de Tchi et de Taïm,
elle lui enlève sa cagoule et lui libère le bec.

—Je me suis tuée parce que je m'interdisais
de rêver, lui murmure-t-elle en laissant tomber la
cagoule à terre. Ne refais pas cette erreur.

Taxiel hoche la tête. Ce n'est pas lui, l'ancien
tortionnaire aux prises avec sa mauvaise conscience, qui y trouverait à redire. Au fond de la
salle, les collègues de Tryil ne réagissent pas. Ou
bien ils ne voient pas ce qui se passe, ou bien ils
l'acceptent.

Quant à Tryil, il ne fixe nul autre que Rel devant
lui.

Dans la salle aux lumières vives, c'est le silence.

—Si vous êtes restés si nombreux, dit Rel en
les regardant tous, le monde est entre bonnes
mains. Vous acceptez celui que j'ai été, ce n'est
pas rien. Vous pouvez faire face aux horreurs an-
ciennes, en vous et hors de vous, vous pourrez
donc affronter celles qui vous attendent. Quant à la
souffrance à venir, ma confiance la tient en échec.
Je la tiens de Tranag. Elle est désormais vôtre et
vous accompagnera, que je sois mort ou vif.

Enfin, Taïm Sutherland se lève et s'approche de Rel. Les deux, majestueux et calmes, se regardent.

—Je sais qui tu es, déclare Sutherland. Dans le monde d'où je viens, je sais quelle est ta place. À présent, j'en suis sûr.

—Parle.

—Tu es Haztlén.

Rel le regarde, surpris :

—Haztlén ? Oui, je me rappelle ! C'est le nom qu'on m'a donné là-bas. Ça voulait dire Océan. Haztlén ! Sois remercié, Taïm : tu viens de me redonner un nom que j'avais oublié.

—Tu es Haztlén, répète Sutherland. Je te reconnais. C'était il y a longtemps. Une époque étincelante, dont j'ose à peine me souvenir à tel point elle m'éblouit. Le sorcier Ivendra m'a utilisé pour chercher le dieu Haztlén au fond d'une caverne. Ensuite, j'ai perdu le fil : l'expérience avait été si forte ! J'ignorais que, plus tard, j'irais te découvrir de nouveau, au fond des enfers. Il est temps de te dire ma gratitude.

—Que me dois-tu ? Je ne t'ai jamais vu avant ton arrivée ici !

—C'est toi qui m'as ouvert au monde, jadis. Lame ne t'avait pas trouvé dans sa vie antérieure. Moi, si. Ivendra m'a permis de découvrir une image de toi à Vrénalik ; elle était tellement puissante que j'en ai momentanément perdu la raison. Plus tard, Othoum m'a enseigné comment tirer parti de mon expérience. Ivendra et Othoum furent mes maîtres. Mais cette image de toi, faite de bien et de mal, de mâle et de femelle, de violence et d'amour, de résistance et de faiblesse, m'a ouvert entièrement. Comme le dit le texte d'Ivendra, j'ai pu descendre en moi jusqu'à ce que je touche au monde entier, et j'ai trouvé l'océan au fond d'une caverne, toi, Haztlén, essentiellement sans limites, sans caverne et sans frein. J'ai été ouvert du fond de l'âme jusqu'à la surface. J'ai pu devenir celui qu'Ivendra avait pressenti, ce sorbier chargé de fruits amers qui s'enracine dans tous les niveaux de réalité. Sans que tu l'aies su, je te dois tant !

—Si tu le dis.

—Cesse de te cacher. Le temps des cavernes et des cachettes est fini. On dirait que tu joues avec ta propre valeur, l'acceptant et la rejetant selon ton caprice. Tu n'es pas à l'aise avec ton destin, tu as encore besoin de quelqu'un d'autre pour te montrer à quel point tu es sage ? Soit, je me porte volontaire. Jadis, j'ai sorti ton image de son trou. Je peux répéter l'exploit d'une vie à l'autre tant qu'il le faudra. Je t'exposerai au grand jour aussi longtemps que ce sera nécessaire. J'irai te chercher encore et encore jusqu'à ce que tu acceptes qui tu es. Tu es Haztlén. Tu dépasses l'entendement. Assume ton identité ! Le reste du monde trouvera alors sa place !

LA STATUE

Tranag et son fils sont dans la forge. Dehors, c'est l'aube et il vente. Ici, il fait chaud. Tranag a vieilli depuis le départ de Haztlén ; elle est plus échevelée et plus lente qu'auparavant. Elle sirote une bière avec Vriis. Ils ont passé le plus clair de la nuit à boire en écoutant le vent. En hiver, on se distrait comme on peut !

—Il faut que je te montre quelque chose, dit Vriis.

Il s'affaire au fond de la cabane et revient en portant dans ses bras poilus une forme couverte d'un tissu brun qu'il pose délicatement sur la table. Il la dévoile.

Dans la lumière des flammes et du soleil levant apparaît une statue de pierre vert-turquoise. Tranag l'examine en retroussant le nez.

—C'est notre Haztlén ! s'écrie-t-elle.

—Tu ne voulais pas que je couche avec lui ; au moins j'ai pu faire son portrait.

—Très ressemblant. Mon fils, tu as du talent ! Ainsi, le bloc que tu as fait porter à ce pauvre garçon pendant toute une nuit, c'est à ça qu'il a servi !

—Si j'avais baisé le modèle autant que je voulais, jamais je n'aurais eu l'énergie de me lancer dans une entreprise pareille !

—Je n'en doute pas.

Ils rient.

—Tu vois, remarque Vriis, ça me fait un souvenir de lui. Le monde est vide depuis qu'il n'est plus là.

Elle hoche la tête. Ils boivent silencieusement. Le soleil matinal illumine la pierre vert-turquoise qui semble vivre de l'intérieur.

—Écoute, dit Vriis à sa mère, je voudrais te demander quelque chose.

Elle le dévisage de ses yeux brillants de vieille femme qui aime la bière. Sous les apparences, il la sait terriblement lucide et efficace.

—Les yeux, continue Vriis, les yeux de la statue, ils ne sont pas terminés.

—J'ai remarqué. Normal : on fait ça en dernier.

—Je voudrais que ce soit toi qui t'en occupes.

Elle ne répond pas. De nouveau, elle examine l'œuvre de son fils.

—Tu as vu le noir, en dedans ? dit-elle.

Il sait très bien de quoi elle parle. Le bloc de pierre est translucide par endroits, presque transparent. Par ces fenêtres qui ouvrent vers le cœur, on aperçoit quelques bandes sombres, minces, peut-être l'effet de simples jeux de lumière.

—C'est sa noirceur à lui, déclare Tranag. Un peu de la noirceur de notre visiteur est demeurée ici.

—Ce n'est pas de ma faute.

—Tu parles ! Tu lui as flanqué la pierre sur les genoux quand il était en train de mourir d'angoisse et que nous nous affairions à toutes sortes de rituels autour de lui. À la suite de quoi la mer est devenue boueuse et un peu de noir est entré dans la pierre. Tu ne te rends pas compte que c'est excellent ?

— Tu crois ?

— Il nous a laissé un peu de son horreur. Il nous a confié un peu de sa noirceur. Il est plus léger. Désormais, il est mieux préparé à ce qui l'attend !

— C'est vraiment dur pour lui, là-bas, n'est-ce pas ?

— S'il s'agissait uniquement de lui ! Les enjeux sont importants, ils dépassent de loin son seul bien-être. De cela je suis certaine. Le moindre service qu'on a pu lui rendre lors de son passage ici peut faire toute la différence.

— Cette noirceur va demeurer ici, dans la statue et dans la mer. Elle pourrait nous nuire, à nous ou à nos descendants.

— Elle nous en fera en effet, tôt ou tard. À chaque époque ses défis.

Les bras croisés, une mèche grise dans la figure, Tranag regarde farouchement la statue, puis l'océan lumineux au-dehors.

— Une autre chose me tracasse, dit Vriis qui s'enhardit. C'est à lui, à Haztlén, que tu as donné ta confiance, pas à moi.

— Toi, tu l'avais déjà. Je m'en suis fabriqué une nouvelle et je lui ai donnée celle-là.

Le forgeron hirsute baisse la tête, embarrassé.

Tranag s'accroupit devant la statue assise, plaçant son visage ridé au même niveau que le magnifique visage de pierre dure et glissante, qui peut résister à l'assaut des millénaires sans rien perdre de son expression indéchiffrable.

—Ce monde-ci est fort, remarque-t-elle. Ce que tu as fait est excellent, Vriis, ai-je besoin de le répéter ? Les yeux de cette statue de Haztlén, tu pourrais mieux t'en occuper que moi. Mais, puisque tu m'as offert cet honneur, apporte-moi les outils.

D'une main redevenue sûre, Tranag sculpte les yeux de pierre verte comme si sa vie en dépendait. Derrière leur regard grand ouvert se devine l'immensité de l'océan et les profondeurs de l'enfer.

SEPTIÈME JOURNÉE, LE SOIR

C'est le début de la soirée. La salle est pleine ; la foule déborde par les portes de nouveau ouvertes d'où l'on aperçoit le rougeoiement des puits de flammes des enfers chauds, au loin.

Pâle, énigmatique, sûr de lui, Rel regarde la salle, scrutant chaque visage immobile.

—Merci d'être venus m'écouter, dit-il, ému. Tout au long de cette semaine, j'ai pu vous parler de choses que j'avais auparavant gardées secrètes. Je vous laisse un peu de ma noirceur, à vous aussi. J'ignore si nous nous reverrons. Nous repartons chacun vers nos châtiments, nos tâches, notre vie. Il ne me reste plus qu'à vous dire que je vous aime, quel que soit votre passé.

Dans le silence, il se lève. Les autres font de même. En premier lieu, il s'approche de l'oiseau Tryil qui le fixe de ses yeux noirs, établissant avec lui le contact télépathique précis dont ils ont l'habitude.

—Si je vois que tu peux retourner à Vrénalik, fait Rel, tu le sauras. Tiens bon. Que cela soit possible ou non, tu as ma confiance.

Puis il s'incline devant Meurtrier:

— J'espère que nous nous reverrons.

Interdit, Meurtrier lui rend son salut.

Finalement, Rel fait un signe à Sutherland:

— Viens, Taïm.

Tous deux remontent lentement l'allée entre les autochtones et les bourreaux.

Au début, Sutherland, embarrassé, marche lentement derrière Rel qui est aussi Haztlén, le mystère de sa vie. Graduellement, l'atmosphère change. C'est à cause de Tryil qui, télépathe de nouveau capable d'émettre depuis que Lame lui a découvert la tête, laisse se projeter ce qu'il ressent. Par lui, la vision ancestrale du ciel et de l'océan transmise de génération en génération chez les oiseaux infernaux pénètre les esprits. C'est une vision plus sauvage et déchaînée que les évocations de Taïm Sutherland et de Rel, pénétrée tout entière du ressentiment et de la tristesse des rêves impossibles. La lumière devient plus vive, l'espace s'ouvre, on est sur une cime de montagne ou, plutôt, haut dans le ciel en train de planer. Tout autour de soi, d'autres planeurs aux ailes effilées comme des armes, blancs et dorés, sont lancés sans entraves dans le ciel sans limites. On se sent soi-même empli d'une rage étincelante, sans objet, qui propulse encore plus loin, encore plus vite, dans le vent et la lumière. On a l'impression d'être une lame coupante animée d'un élan que rien ne pourrait retenir.

Loin en bas, des vagues vertes, translucides, illuminées, l'océan profond, puis enfin, lieu de la quête et des amours, un rivage noir et verdoyant frangé d'écume : l'archipel des ancêtres, de la nostalgie, du cœur brisé, le pays dont le nom ressemble à un cri d'oiseau : Vrénalik !

Remontant l'allée, pénétré de cette image, Rel s'arrête. Tryil le regarde et les autres aussi. On a l'impression qu'il est déjà plongé dans un brouillard de nacre qui appartient aux mondes extérieurs. Il se tourne pour faire face à la tapisserie des juges du destin qui vibre sourdement. Il s'incline devant elle en signe d'adieu.

Taïm va vers lui en boitant, parce que l'estafilade que lui a infligée Tryil lui raidit encore la jambe. Rel lui tend le bras.

Avec déférence, Sutherland pose sa grande main osseuse sur la manche de la veste noire de Rel. Dans sa manière de voir les choses, il prend dès lors pleinement contact avec Haztlén qui, jusqu'à maintenant, n'était pour lui qu'un rêve dangereux, presque oublié. À présent retrouvé, il se révèle encore plus impressionnant que dans ses souvenirs.

Concentré, les larmes aux yeux, le jayènn Taïm Sutherland contemple Haztlén, vivant, radieux, qui lui accorde tout son appui. Il se détend, sourit presque. Ils continuent à remonter l'allée entre les bourreaux et les autochtones. On les imagine déjà arpentant l'espace de Vrénalik l'intemporelle, liberté et cauchemar de l'océan et de la pierre verte se rejoignant enfin, aux limites entre le rêve et le réel.

Lame et Taxiel, à leur droite, remontent l'autre allée, celle qui sépare les bourreaux et les damnés. Ils serrent les mains qui se tendent vers eux de part et d'autre, avant de rejoindre leurs compagnons près des baies vitrées de l'extérieur de la salle. Les quatre regardent en silence la plaine enflammée où les damnés se tordent, à peine visibles et cependant présents. Bientôt, cela ne sera qu'un souvenir, une vision de plus : ils seront à l'extérieur, d'où les profondeurs secrètes du monde sont cachées.

Les Éditions Alire
sont fières de vous proposer un extrait du
prochain roman d'Esther Rochon :

L'ARCHIPEL NOIR

La Citadelle se dépeuplait. Sutherland, qui y demeurait, s'y trouva plus occupé qu'avant. Pendant plusieurs jours, il fit la navette entre le port et la Citadelle pour y monter avec une brouette ce que l'on avait entreposé près du quai lors de la venue du bateau du printemps. Plus tard il travailla aux jardins potagers. Le soir, dans la grande salle maintenant aux trois quarts vide, il se liait davantage avec ceux qui étaient restés. C'est ainsi qu'il apprit que la vieille dame avec laquelle il avait souvent joué aux dés cet hiver était la mère d'Anar Vranengal, venue de l'île de Vrend quelques années auparavant. Dans une langue qu'il comprenait de mieux en mieux, elle lui parla de l'île, à présent abandonnée, de la maison qu'elle avait occupée dans un petit village dont les habitants avaient un jour décidé de partir pour Vrénalik. Son mari avait repris le métier de pêcheur tandis qu'elle-même préférait passer l'année à la Citadelle. Elle travaillait souvent aux potagers avec

Sutherland, qui n'osait lui dire que, pour une nuit, il avait été l'amant de sa fille. Elle semblait pourtant le deviner et l'entretenait candidement des amants qu'à sa connaissance Anar Vranengal avait eus.

Le premier avait été Strénid, l'homme qui avait mené Sutherland à la Citadelle le jour de son arrivée à Frulken. Leur liaison orageuse s'était interrompue de manière assez brutale une dizaine d'années auparavant, alors qu'aucun d'eux n'avait vingt ans.

—Depuis lors, avait conclu la mère d'Anar Vranengal, ma fille a beaucoup appris.

—Dans quel sens?

—Elle choisit mieux, avait-elle dit en souriant.

Flatté par cette remarque, Sutherland doutait cependant de sa justesse. Il voyait souvent Strénid, qui était revenu à la Citadelle pour l'arrivée du bateau du printemps. Il travaillait parfois à ses côtés, tandis que les accompagnait la chienne de Strénid, une bête énorme au poil noir. Strénid occupait des fonctions importantes à Frulken. Il distribuait les tâches, prenait des décisions affectant la communauté, et ceux qui le remplaçaient quand il s'absentait le conseillaient quand il était de retour. Avant lui c'était une femme, Oumral, qui administrait ainsi Frulken et l'Archipel en général. Elle était morte quelques années auparavant, ayant depuis longtemps choisi et formé Strénid pour lui succéder. C'était d'ailleurs elle qui lui avait donné son nom, lequel évoquait l'un des plus célèbres chefs de Vrénalik. De son illustre prédécesseur le Strénid contemporain avait la vive intelligence et le tempérament violent, presque cruel. Il ne possédait cependant ni sa prestance, ni son ambition extrême, qui avait été en partie responsable de la ruine du pays. Il n'aurait jamais osé susciter, puis asservir un Rêveur puisqu'il savait, comme tous ceux de l'Archipel, qu'il était ici pour expier la folie des ancêtres.

Quoique reconnaissant envers Strénid de l'avoir aidé lors de son arrivée à Frulken, Sutherland se sentait peu attiré par cet homme nerveux, dépourvu d'humour, dont l'activité incessante contrastait avec la lenteur, la nonchalance des gens de Frulken. Ceux-ci semblaient considérer Strénid comme un mal nécessaire : on le respectait parce qu'il accomplissait des fonctions dont nul ne voulait. On excusait ses colères, ses départs imprévisibles ; on acceptait la discipline qu'il imposait, laquelle différait assez peu de celle qu'Oumral avait établie. Les habitudes, les traditions gouvernaient l'Archipel davantage que ne le faisait Strénid lui-même, lequel était sans doute conscient et responsable de cet état de choses. Aux yeux de la plupart, l'avenir individuel et collectif était sans issue. Strénid, par la nature de son rôle, était forcé plus que les autres à regarder cet avenir en face, à prévoir avec lucidité les formes que prendraient la déchéance, le désespoir. Cela constituait pour lui la partie la plus lourde de l'exercice du pouvoir, et quand sa rage face à la situation devenait incontrôlable, il partait en forêt pour massacrer des animaux sous prétexte de s'emparer de leur fourrure.

Tuer, pourtant, lui faisait honte. Il aurait préféré pouvoir s'en passer. Il se rassurait en se disant que les peaux qu'il rapportait avaient une valeur marchande, et servaient à satisfaire certains besoins réels des gens de Vrénalik. Cependant, il savait que cette activité n'était pas indispensable ; de plus elle était dangereuse : il lui était arrivé de se perdre, et de ne devoir la vie sauve qu'à sa chienne, fidèle et dévouée, qui avait retrouvé le chemin des habitations les plus proches. Ainsi, il ne tuait ni par nécessité ni par goût, mais pour assouvir sa colère. Quand il ne pouvait plus supporter la Citadelle, il allait dans la forêt ; quand il ne pouvait plus supporter la forêt, il rentrait à Frulken. Lié qu'il était à ses tâches, il avait l'impression d'être le seul à connaître avec précision l'étendue des désastres, à savoir chaque année combien d'enfants étaient morts en bas âge, combien de maisons avaient été abandonnées. Il diminuait en conséquence la quantité de denrées qu'il faisait venir du Sud. Là-bas, il le savait, l'Archipel avait mauvaise réputation. Il avait été jusqu'à maintenant assez facile d'en éloigner ceux qui auraient voulu exploiter ses quelques forêts, pêcher commercialement le long de ses côtes, ou encore faire l'inventaire des richesses minières possibles. Par contre, Strénid jugeait néfaste de trop fermer le pays aux influences extérieures ; c'est ainsi que, à la différence de celle qui l'avait précédé, il avait permis l'entrée au pays d'appareils radio, de lampes de poche, de toutes sortes de revues et de livres. Cependant, peu de gens lisaient, les radios ne captaient le plus souvent que des parasites ; les lampes de poche, par contre, avaient connu un vif succès.

Strénid se demandait parfois quelle serait la fin de son peuple : l'extinction pure et simple ou bien l'étouffement sous un flot d'étrangers qui débarqueraient tout à coup et s'installeraient. Ils transformeraient, qui sait, la Citadelle en musée et les entrepôts du port en hôtels pittoresques, excluant la population ancienne, lui retirant tout droit de cité. Il arrivait à Strénid d'aborder ce sujet avec Sutherland, qui convenait avec lui qu'il n'existait aucun moyen de conjurer un tel péril.

—Alors, concluait en souriant Sutherland, vous prendrez les armes et vous mourrez glorieusement.

Strénid ne souriait pas. Incapable d'accepter avec sérénité la situation de son pays, incapable aussi de l'oublier, hanté jusque dans son sommeil par cet État agonisant dont il se sentait responsable, il enviait parfois ceux qui pouvaient rêver vraiment, comme les sorciers Ivendra et Anar Vranengal. Au temps lointain où il avait été l'amant de cette dernière, quand Oumral était encore vivante pour gouverner, et qu'il pouvait s'abandonner sans arrière-pensée aux envoûtements de l'amour, il lui avait semblé commencer à comprendre cette manière mouvante, irrationnelle, fuyante, dont les sorciers de Vrénalik considéraient le monde. La liaison s'était terminée dans des circonstances qu'il préférait oublier. À présent, ce manque de rigueur lui apparaissait comme une faiblesse. Les recherches d'Ivendra pour retrouver – dans quel but au juste ? – une très hypothétique statue de Haztlén n'exprimaient à ses yeux qu'un refus

dangereux de voir la réalité en face. Ivendra, précisément, était sans doute le seul habitant de
l'Archipel à connaître le pays aussi bien, sinon
mieux, que Strénid, mais les conversations entre
les deux hommes ne demeuraient jamais longtemps au simple stade de l'échange d'informations,
leurs points de vue divergeaient trop. Depuis plusieurs années, d'ailleurs, ils évitaient de se parler,
et Anar Vranengal leur servait d'intermédiaire.

Pour Strénid, Sutherland, ce nouveau venu,
n'était qu'un étranger semblable à bien d'autres.
Il avait remarqué comme il avait semblé attiré
par les sorciers. Quoi de plus naturel ? Ils le dis-
trayaient pendant son séjour. Il était lui-même
dérouté par Sutherland. Il l'avait longuement
questionné sur le Sud, sur Ougris et sur Ister-
Inga. Il ne s'expliquait pas l'absence de curiosité
de son interlocuteur pour sa ville natale, son
manque d'intérêt pour l'étude ou pour les métiers
qu'il avait exercés, son peu d'attachement à sa
mère, à sa sœur, ou à Chann Iskiad.

S'il s'était agi de haine, il aurait compris ; tant
d'indifférence l'étonnait. De même il était surpris
par le calme, la paix que Sutherland semblait découvrir à Frulken ; pour lui, l'Archipel était une
prison, où alternaient le délire sanglant des chasses
et l'administration d'un pays qui se précipitait
vers la mort.

— Vous devriez partir, lui avait un jour déclaré
Sutherland.

— Vous savez que je ne peux pas !

Sutherland avait éclaté de rire, se moquant de
lui, totalement incrédule. Une telle réaction n'avait

pas irrité Strénid ; au contraire, elle lui avait fait entrevoir pour la première fois la possibilité d'un départ. Mais il ne s'y attarda pas. D'une certaine manière, le cauchemar perpétuel de sa vie était fascinant, il était difficile de s'en détacher...

À SUIVRE...

L'ARCHIPEL NOIR

PARUTION : MARS 1999

ESTHER ROCHON...

... est venue tôt à l'écriture puisqu'en 1964, âgée d'à peine seize ans, elle obtenait, ex aequo avec Michel Tremblay, le Premier Prix, section Contes, du concours des Jeunes Auteurs de Radio-Canada.

Depuis, elle a publié de nombreux ouvrages qui lui ont valu, entre autres, trois fois le Grand Prix de la science-fiction et du fantastique québécois.

Née à Québec, habitant Montréal depuis fort longtemps, Esther Rochon a fait des études supérieures en mathématiques tout en devenant une fervente adepte de la philosophie bouddhiste.

ALIRE

QUAND LA LITTÉRATURE
SE DONNE DU GENRE !

COLLECTION « ROMANS »

➠ ESPIONNAGE

DEIGHTON, LEN
009 • *SS-GB*

Novembre 1941. La Grande-Bretagne ayant capitulé, l'armée allemande a pris possession du pays tout entier. À Scotland Yard, le commissaire principal Archer travaille sous les ordres d'un officier SS lorsqu'il découvre, au cours d'une enquête anodine sur le meurtre d'un antiquaire, une stupéfiante machination qui pourrait bien faire basculer l'ensemble du monde libre...

PELLETIER, JEAN-JACQUES
001 • *Blunt – Les Treize Derniers Jours*

Pendant neuf ans, Nicolas Strain s'est caché derrière une fausse identité pour sauver sa peau. Ses anciens employeurs viennent de le retrouver, mais comme ils sont face à un complot susceptible de mener la planète à l'enfer atomique, ils tardent à l'éliminer : Strain pourrait peut-être leur servir une dernière fois...

CHAMPETIER, Joël

006 • *La Peau blanche*

Thierry Guillaumat, étudiant en littérature à l'UQAM, tombe éperdument amoureux de Claire, une rousse flamboyante. Or, il a toujours eu une phobie profonde des rousses. Henri Dieudonné, son colocataire haïtien, qui croit aux créatures démoniaques, craint le pire : et si " elles " étaient parmi nous ?

(Automne 1998) • *Les Amis de la forêt*

Afin de démasquer les auteurs d'un trafic de drogue, les autorités d'un hôpital psychiatrique décident de travestir en « patient » un détective privé. Mais ce dernier découvre qu'il se passe, à l'abri des murs de l'hôpital, des choses autrement plus choquantes, étranges et dangereuses qu'un simple trafic de drogue...

SÉNÉCAL, Patrick

015 • *Sur le seuil*

Thomas Roy, le plus grand écrivain d'horreur du Québec, est retrouvé chez lui inconscient et mutilé. Les médecins l'interrogent, mais Roy s'enferme dans un profond silence. Le psychiatre Paul Lacasse s'occupera de ce cas qu'il considère, au départ, comme assez banal. Mais ce qu'il découvre sur l'écrivain s'avère aussi terrible que bouleversant...

⇒ ## POLAR

MALACCI, Robert

008 • *Lames sœurs*

Un psychopathe est en liberté à Montréal. Sur ses victimes, il écrit le nom d'un des sept nains de l'histoire de Blanche-Neige. Léo Lortie, patrouilleur du poste 33, décide de tendre un piège au meurtrier en lui adressant des *messages* par le biais des petites annonces des journaux...

⇒ ## FANTASY

KAY, Guy Gavriel

(Automne 1998) • *Tigana*
(Printemps 1999) • *Les Lions d'Al-Rassan*

ROCHON, Esther

002 • *Aboli* (Les Chroniques infernales)

Une fois vidé, l'ancien territoire des enfers devint un désert de pénombre où les bourreaux durent se recycler. Mais c'étaient toujours eux les plus expérimentés et, bientôt, des troubles apparurent dans les nouveaux enfers...

007 • *Ouverture* (Les Chroniques infernales)

La réforme de Rel, roi des nouveaux enfers, est maintenant bien en place, et les damnés ont maintenant droit à la compassion et à une certaine forme de réhabilitation. Pourtant Rel ne se sent pas au mieux de sa forme. Son exil dans un monde inconnu, sorte de limbes accueillant de singuliers trépassés, pourra-t-il faire disparaître l'étrange mélancolie qui l'habite?

013 • *Le Rêveur dans la citadelle*

En ce temps-là, Vrénalik était une grande puissance maritime. Pour assurer la sécurité de sa flotte, le chef du pays, Skern Strénid, avait décidé de former un Rêveur qui, grâce à la drogue farn, serait à même de contrôler les tempêtes. Mais c'était oublier qu'un Rêveur pouvait aussi se révolter...

➡ ## SCIENCE-FICTION

PELLETIER, FRANCINE

011 • *Nelle de Vilvèq* (Le Sable et l'Acier –1)

Qu'y a-t-il au-delà du désert qui encercle la cité de Vilvèq ? Qui est ce « Voyageur » qui apporte les marchandises indispensables à la survie de la population ? Et pourquoi ne peut-on pas embarquer sur le navire de ravitaillement ? N'obtenant aucune réponse à ses questions, Nelle, une jeune fille curieuse éprise de liberté, se révolte contre le mutisme des adultes...

016 • *Samiva de Frée* (Le Sable et l'Acier –2)

Apprentie mémoire, Samiva connaissait autrefois par cœur les lignées de Frée. Elle a cru qu'elle oublierait tout cela en quittant son île, dix ans plus tôt, pour devenir officier dans l'armée continentale. Mais les souvenirs de Frée la hantent toujours, surtout depuis qu'elle sait que le sort de l'île repose entre ses mains...

(AUTOMNE 1998) • *Issabelle de Qohosaten* (Le Sable et l'Acier –3)

Retrouvez Nelle de Vilvèq et Samiva de Frée dans la conclusion de cette grande histoire du futur, un futur qui sera peut-être celui de nos descendants...